Hildegard Dubois

Du, mein lieber Rainer

Bibliografische Information der Deutschen Nationalbibliothek:
Die Deutsche Nationalbibliothek verzeichnet diese Publikation in
der Deutschen Nationalbibliografie; detaillierte bibliografische Daten
sind im Internet über http://dnb.dnb.de abrufbar.

Umschlaggestaltung und Satz: Sascha Bühler · www.sascha-buehler.de

Verlag: BoD · Books on Demand GmbH, In de Tarpen 42,
22848 Norderstedt
Druck: Libri Plureos GmbH, Friedensallee 273, 22763 Hamburg

ISBN: 978-3-7597-9258-7

Ja, dachte Lena, als sie die Karte las, das ist ein wahrer Spruch. Eltern geben ihren Kindern mit, was sie in ihrem zukünftigen Leben brauchen werden – und schon liefen wieder die Tränen und das große Leid schüttelte sie.

Damals. Beim Frühstück saßen alle, Vater, Mutter und die 2 Jungs, an diesem Samstagmorgen. Vater war vom Markt zurück, wo er für eine Woche eingekauft hatte, was Mutter Lena später für die nächsten Tage vorkochen und einfrieren würde, wie jeden Samstag. Natürlich gab es frische Brötchen vom ‚Schelle-Bäck', Pfälzer Leberwurst und Frühlingsquark, das aßen die Jungs so gern. Da sagte Rainer: „Mami, Du hast es ja nicht vergessen, dass heut um 17 Uhr mein Abschlussball anfängt, im Spiegelsaal vom Kurhaus in Bad Liebenzell", und schaute Lena fest an. „Du hast es auch in Deinen dicken Terminkalender geschrieben."

„O je", sagte Lena, „dann muss ich mich aber beeilen", denn nur am Samstag war ihr ‚Hausfrauentag'.

„Ich helfe Dir, und Papa sicher auch." Unterm Tisch scharrten Füße. „Na klar", beeilte sich der Vater zu sagen.

„Ich bin nicht da", sagte Thomas, „ich helfe Michael, seinen Computer einzurichten." Er hatte vor einem Jahr seinen Abschlussball mit einer Hirsauer Tanzschule in Liebenzell mit den Eltern gefeiert.

Und so fuhren Vater und Mutter mit Rainer – noch keine 16 Jahre alt – in schicker Garderobe, dunklem Anzug und frisch gebügeltem, weißem Biesen-Oberhemd zu seinem Schlussball des Anfängerkurses der Tanzschule Körner nach Bad Liebenzell.

Nach den ersten, manchmal noch holprigen Tänzen der jungen Leute in den unterschiedlichsten Standardtänzen hieß es plötzlich: „Und nun, beim Walzer, fordern alle Töchter ihre Väter und die Söhne ihre Mütter auf."

Tiefe Verbeugung vor Lena, „Darf ich bitten?", Rainer reichte ihr die Hand, und während er ihr seinen rechten Arm um die Taille legte, flüsterte er: „Du machst nichts, Mami, ich führe, lass dich tragen!", und schwebte mit ihr davon, – so kam es Lena vor. Diesen Walzer mit ihrem so großen Rainer würde sie ihr Leben lang nie mehr vergessen.

Das Tanzen wurde Rainers Leidenschaft. Nach dem Anfängerkurs folgte der Fortgeschrittenen-, dann der Silberstar- und auch noch der Goldstarkurs. Zum Schluss setzte er sogar den Tournierleiter oben drauf.

Nun war er ab dem Nachmittag kein Wochenende mehr daheim. Am Samstagvormittag half er dem Vater, die beiden Autos zu waschen, dann mähte er den Rasen und erledigte alles, was sonst noch vom Vater erwartet wurde. Doch am Nachmittag, da schritt und wirbelte er mit den jungen Damen übers Parkett. Später leitete er die Abend-Ehepaar-Tanzkurse, wobei die reiferen Damen sich sehr gern von ihm führen ließen.

Einmal kam zum Wettbewerb eine Gruppe junger Leute aus Berlin, übers Wochenende. Da waren Schlafplätze gefragt. Rainer brachte gleich 2 junge Männer am Freitagabend mit heim und sagte: „Gell, Mama, die beiden können doch ganz oben im Gästezimmer schlafen, wir frühstücken dann erst um 9 Uhr." Als Lena am Sonntagnachmittag zum Aufräumen und wieder Herrichten aller Dinge nach oben ging, fehlte im Badezimmer das große, grüne Frottee-Badetuch. „Wir haben doch nach andere, Mami", sagte Rainer damals.

Auch engagierte er sich für die Jüngsten in der Tanzschule und organisierte sogar die Europameisterschaften der Junioren, ab 14 Jahren, hier in diesem kleinen Ort. Er mietete die Gemeindehalle, nahm natürlich von daheim sämtliche langen und auch die kurzen Verlängerungskabel, Lautsprecher und Kassetten mit, erbettelte von den umliegenden Geschäftsleuten Geschenke für die Gewinner und die Tombola, und spannte sogar seine Mutter ein, die am Samstagabend bei der Preisverleihung ihre

Kosmetikprodukte an die Sieger aus der tschechischen Mannschaft auf der Bühne übergeben durfte.

Ja, organisieren konnte Rainer damals schon, ganz in Ruhe überlegen, vorausschauen, planen und dann handeln.

Und da sitzt Lena wieder und heult hemmungslos, die zerknüllten Papiertaschentücher häufen sich auf dem Boden.

Warum nur, warum? Die katholische Großmutter pflegte in solchen Situationen zu sagen: „Der Herr hat's gegeben, der Herr hat's genommen." Wie hasste Lena diesen Spruch! Es war Krieg, damals, sie war noch ein Kind und wollte doch alle behalten, Tante Lisa, später ihre Cousine Flori, die plötzlich nicht mehr da waren. Warum? Sie waren doch noch so jung, Tante Lisa 36 und Flori erst 22 Jahre alt! Nein, nein, das ist nicht richtig. Die Alten müssen sterben, so wie ich, dachte Lena. Eine Mutter, die fast 90 Jahre alt ist, die darf gehen, aber ihr Kind …?

Ja, Rainer war immer noch ihr Kind. Er war ein fröhliches Kind, damals, ein zufriedenes Kind.

Man braucht nur eine Insel,
allein, im weiten Meer.
Man braucht nur einen Menschen,
den aber, braucht man sehr.
(Mascha Kaléko)

Damals. Zwei junge Ehepaare hatten sich mit Lena und ihrer Familie verabredet, am Sonntag ins

Schwimmbad zu fahren. Ihre Schwester mit Familie und ihre Freundin Renate mit Mann und den Kindern, sie alle wollten raus ins Bergische, wo viel Natur und gute Luft war. Jedes Ehepaar hatte zwei Kinder.

Es war oft unbeständig, regnerisch. Warme und schöne Tage gab es selten. Aber an diesem sonnigen und warmen Sonntag freuten sich alle aufs Schwimmen. Lena stand am Rand des Schwimmbeckens für die Kleinen, zur Beaufsichtigung, denn alle sechs Kinder waren noch recht klein. Später wurde Lena abgelöst, sodass jedes Elternteil mal an der Reihe war. Plötzlich rief Bert, Renates Mann: „Rainer ist weg!“ Rainer, der Jüngste von allen, war zweieinhalb. Alle schwärmten aus, ihn irgendwo auf der Wiese zu finden. Lena stand nahe am Schwimmerbecken mit dem Sprungturm und hörte: „Mami, Mami!“ Da sah sie ihn auf dem Drei-Meter-Brett stehen, er winkte und sprang. Im Wasser strampelte und paddelte er mit Armen und Beinen, wie ein Hund, bis zur Stange am Rand, Lena lag auf dem Bauch und zog ihn hoch. Er strahlte und sagte: „Noch mal!“

Im Nachhinein fiel Lena der Spruch ein, den Bert damals nach diesem Ereignis zitierte „Mut ist oft Mangel an Wissen, während Feigheit dagegen auf guter Information beruht.‘

Allerdings hätte Lena Rainers Drang zum Wasser kennen müssen! Denn beim letzten Urlaub an der holländischen Nordsee, Ende August, war Lena mit den Kindern alleine dort. Denn im Mai hatte der

Familienurlaub schon stattgefunden. Lena hatte nun alle Hände voll zu tun, Rainer, zehn Monate alt, nicht eine Sekunde aus den Augen zu verlieren. Sie sah, wie er auf allen vieren in Richtung Wasser robbte. Sie holte ihn zurück, aber er versuchte es immer wieder, und zwar so schnell, dass Lena kaum mit den Augen hinterherkam. Auf Thomas, inzwischen zweieinhalb, schaute sie natürlich auch, man wusste ja nie … Das war ein anstrengender Urlaub. Thomas und sein Bronchialasthma war der Grund, weshalb die Familie zweimal im Jahr an die Nordsee fuhr, auf Bitte und Rat des Kinderarztes.

Ab diesem Urlaub hätte Lena wissen müssen: Rainer ist eine Wasserratte, was sich später Hunderte Male bestätigte.

Als Kind war er gesundheitlich robust, nie ernsthaft krank. Mit fünf Wochen hatte er seinen ersten Schnupfen, angesteckt vom großen Bruder, ganz normal in einer Familie. Die Nase war zu, trinken und auch noch Luft holen war sehr schwierig – aber er konnte es.

Der endgültige Rat des Kinderarztes für die Familie hieß: raus aus Köln, aus dem Industriegestank der Großstadt auf der rechten Rheinseite, aus Gesundheitsgründen für die ganze Familie, aber erst recht für Thomas' Bronchien.

„Am besten ziehen Sie an die Nordsee, oder in den Schwarzwald", sagte der Kinderarzt bei einem seiner akuten Besuche, als er Thomas nach Verabreichung der üblichen Kortisonspritze auf dem Arm hin und her trug, bis sein Atem ohne Geräusche wieder langsam fließen konnte.

Deshalb zog die Familie im Februar 1971 aus Köln, ihrer Heimat, fort in den Nordschwarzwald, nach Büchenbronn, es nannte sich ‚das Bergdorf‘ bei Pforzheim. Das bedeutete für die Kinder: draußen sein, Freiheit haben, Natur erleben, gute Luft atmen ohne Ende. Nicht ein einziges Mal mehr hat Thomas dort diese Anfälle des Bronchialasthmas bekommen, Heuschnupfen, ja, den kriegte er, aber nie wieder diese fürchterliche Atemnot.

Rainer erhielt dort sein erstes Fahrrad mit Stützrädern. Thomas hatte ja vorher genau das gleiche bekommen.

„Die Stützräder bremsen, Papa“, sagte Rainer nach einer Woche, „bitte, Papa, mach die wieder weg.“ Er war nun dreieinhalb, bremsen wollte er schon selber, sagte er. Ach ja, der kleine Rainer! Er erkannte schon früh, dass das ‚Schnelle‘ ihn weiterbringen würde. Aber das Ruhige, Behutsame, das Bedächtige wusste er später auch richtig einzusetzen. Erklären, wie etwas funktioniert, was Lena am PC nicht verstand, oder wie die Magnete die einzelnen Wagen der Brio-Holzeisenbahn festhielten, die Oma Fabian zum 3. Geburtstag geschenkt hatte, das legte Rainer ganz in Ruhe Fabian dar, ohne die Geduld zu verlieren. Er war nie laut, er fiel nie aus der Rolle, er machte und sagte alles ganz in Ruhe. Das bewunderte Lena später an ihm. Auch sah er in jedem Menschen stets nur das Gute – und wurde dabei so manches Mal sehr bitter enttäuscht. Menschenkenntnis, nennt Lena das. Man kann sie nicht auswendig lernen wie die Regel des Pythagoras, man muss sie erfahren, erleben – aber dann muss man auch die Konsequenzen ziehen und danach handeln doch er … ach, du, mein lieber Rainer!

Sonntag, dachte Lena, morgen ist wieder Sonntag, das war so oft ein Rainer-Tag. Sie war immer zu Hause und erwartete ihn. „Nur wer in sich zu Hause ist, kann andere einladen", hatte sie heute Morgen auf dem Kalenderblatt gelesen. Nein, Lena ist nicht mehr in sich zu Hause, sie kann und will das auch nicht, weil dieser Schmerz so weh tut und sie nicht loslässt, es schreit in ihr: nie mehr, nie mehr kann sie ihn einladen, ihn bitten, mit dem Staubsauger das Spinngewebe in der Diele an der Decke abzusaugen, weil sie es nicht mehr sieht. Sie kann sich nie mehr mit liebevoller Umarmung dafür bedanken, für all die vielen, kleinen Dinge, die er für sie tut, für sie besorgt, wie beispielsweise das Tablett mit Ansage, ach Rainer, wie fehlst du mir so sehr!

Man braucht nur eine Insel,
allein, im weiten Meer.
Man braucht nur einen Menschen,
den aber, braucht man sehr.

Er war ein Mensch für Menschen. Es gab immer viele um ihn herum, ganz besonders im Freundeskreis und in seinem Beruf. Eine stupide, eine sich stets wiederholende Arbeit, wie die, in seinem ersten Halbjahr nach der Lehre, am Band, im größten Autokonzern, in Baden-Württemberg, – das war nicht seine Welt. In der dreieinhalbjährigen Lehrzeit, laut Vertrag, wurde ihm ein halbes Jahr geschenkt, weil er mit Thomas Beckmann, seinem dort gewonnenen Freund, zu den zwei Besten seines Lehrgangs gehörte. Thomas Beckmann war Amerikaner, aus Detroit, wo sein Vater beschlossen hatte, ihn in Deutschland, Vaters Heimat, eine Lehre zum Kraftfahrzeugschlosser in dieser Firma mit Stern zu absolvieren. So brachte Rainer den freundlichen, jungen Mann, wie alle seine vielen Freunde, manchmal auch zum Abendbrot mit heim, weil doch Thomas nur mit Fremden in einem Lehrlingsheim wohnte, so sagte Rainer.

Die beiden Freunde behielten Briefkontakt, als Thomas nach der Lehre, 1987 im September, wieder heimflog, in die USA. So wurde Rainer später nach Detroit eingeladen, wo Thomas mit Vater und Bruder eine Autowerkstatt führte. Thomas nahm sich jedoch Zeit, mit Rainer eine Reise quer durch Amerika zu unternehmen. Vom Bundesstaat New York aus mieteten die beiden einen Hubschrauber und flogen über die Niagara-Wasserfälle, von dort schickte Rainer seiner Mama eine wunderschöne, bunte Ansichtskarte, die Lena seither hütet.

Und jetzt sitzt sie wieder mit verheulten Augen in dem Sessel, in den Rainer sich gerne setzte, wenn er am Sonntag seine Mutter kurz besuchte. Das Fernsehgerät läuft leise, als Geräuschkulisse, dann fühlt sich Lena nicht so ganz alleine, wie nun jeden Sonntag, wie alle kommenden Tage wird sie immer alleine bleiben. Der Text, den sie auf einer Karte fand, passte genau: „Wer spricht von siegen? Überstehen ist alles".

Wie wahr, sagt Lena laut und greift schnell nach den Taschentüchern. Sie weiß, es wird kein bekanntes Klopfen an der Terrassentür mehr geben, während sie noch den Kaffeetisch deckt. Er drückte die Tür auf – und da stand er! Ein stattlicher, großer Sohn, der Drittgeborene und an Zentimetern der Längste. Lena versuchte, ihn zu umarmen, zog seinen Kopf zu sich herunter, um ihm auf jede Wange ein Küsschen zu drücken. Sie war nun schon 5 Zentimeter ‚eingeschrumpft' und kam mit ihren nur noch 1,63 m nicht mehr bis zu ihm hinauf. Er ließ die Begrüßung zu und wusste natürlich, bei der Verabschiedung wird es noch einmal dieses Zeremoniell geben. Jetzt, im Sommer, saßen sie meist draußen am Terrassentisch, Rainer fuhr die Markise aus, wenn er Lenas häufiges Blinzeln sah, nach ihrer missglückten Augen-OP und mit dieser scheußlichen, überflüssigen Bindehautentzündung, die erste in ihrem Leben.

Manchmal zogen sie mit Tisch und Bank in den Schatten unter den Ahornbaum. Rainer liebte die Natur und erzählte Lena ausführlich von seinem frisch gebuchten Vorhaben, eine Urlaubsreise mit Sohn Fabian im Geländewagen durch die Karpaten in Rumänien zu unternehmen.

„Toll", sagte Lena, „und wann geht's los?". Denn dann würde er an den Sonntagen nicht zu ihr kommen können, um nach den Dingen zu schauen, die Lena jeweils in der Woche aufschrieb, damit sie nur nichts vergaß, worum sie ihn bitten wollte, z. B. nach der Heizung zu schauen, die doch im Sommer nur morgens heißes Wasser produzieren solle, oder den Sonnenschutz am Dachfenster nun herauszuziehen, oder eine neue Patrone in den Laserdrucker einzulegen, oder nur die Salzmühle nachzufüllen, die für Lenas Hände viel zu fest zugeschraubt war. Manchmal fragte er: „Na, Mütterchen, was muss ich denn heute wieder herrichten?"

Das alles gibt es nun nicht mehr, nie mehr. Rainer weilt nicht mehr unter uns.

Er verließ Lena fröhlich am Sonntagnachmittag, nannte ihr noch den Termin der Reise: nur vom 12. bis 22. August sei sein Urlaub, weil sehr viel zu tun sei in der VPA, der ‚Verkehrs-pädagogischen Akademie' in Kirchheim unter Teck, inzwischen auch ‚Fachschule für Fahrlehrer GmbH' genannt.

Verabschiedung unten, vor der Garage, Einstieg ins Auto, – im Sitz konnte Lena ihn sowieso viel besser feste drücken und abküssen.

„Gute Heimfahrt, mein Schatz, eine erfolgreiche Woche wünsch ich Dir, bis zum nächsten Sonntag", rief Lena noch ins herunter gekurbelte Seitenfenster – und weg fuhr er.

16 Stunden später war alles anders.

In Ausübung seines Berufes wurde er, als Leiter dieses Sicherheitstrainings für Motorradfahrer, auf dem Verkehrsübungsplatz in Kirchheim/Teck von einem der Motorradfahrer frontal erfasst und totgefahren!

Die Nachricht wurde Lena am Abend von ihrem Enkel Fabian überbracht. Zu der Uhrzeit wurde dieses entsetzliche Unglück im Süd-West-Fernsehen gezeigt, erfuhr sie Tage später, als man ihr mehrere Zeitungsberichte brachte, auch die, der Stuttgarter Nachrichten und die Titelseite der BILD, mit einem großen Foto von Rainer.

Bis heute hat Lena von keinem Amt die offizielle Nachricht vom Tod ihres Sohnes Rainer erhalten. Sie sei nicht im System, sagte die Polizei ihr.

Wochen später erfuhr Lena – nach vielen Telefonaten –, dass eine dieser Übungen, die Rainer in diesem Sicherheitstraining für alle 19 Teilnehmer verlangte, hieß: Sie fahren mit 50 km/h durch einen Ort, vor Ihnen läuft plötzlich ein Kind! Sie m ü s s e n stehen! 18 Teilnehmer konnten das. Doch ein 53-jähriger Motorradfahrer hatte sein eigenes Motorrad nicht in der Gewalt und … Die polizeiliche Untersuchung ergab später: Das Motorrad war technisch einwandfrei.

Ihre Freundin Bea gab Lena später, bei ihrem Besuch, einen Text:

„Tot ist überhaupt nichts.
Ich glitt lediglich hinüber in den nächsten Raum.
Ich bin ich, und Ihr seid Ihr.
Warum sollte ich aus dem Sinn sein,
nur weil ich aus dem Blick bin?
Was auch immer wir füreinander waren,
sind wir auch jetzt noch.
Redet, lächelt, denkt an mich.
Leben bedeutet auch jetzt all das,
was es auch sonst bedeutet hat.
Es hat sich nichts verändert.
Ich warte auf Euch, irgendwo
sehr nah bei Euch.
Alles ist gut."

Nichts ist gut, lieber Gott, was ist daran gut? Was soll denn gut sein, an diesem entsetzlichen Tod meines Sohnes Rainer?

Es ist sehr schlimm, sagt man, wenn eine Mutter dem Kind ins Grab schauen muss. Doch wenn ein erwachsen gewordener Sohn seinen Vater verliert, der sein Freund war, sein Vorbild in vielen Dingen, sein Kumpel und Kamerad, sein Ratgeber, seine Hilfe und Zuflucht, dann ist es für diesen Sohn genau so schlimm.

So trauern Lena und Fabian, 80 km voneinander entfernt, um Rainer, der Sohn und Vater war. Nur in ihren Erinnerungen lebt er.

Damals. Lena räumte die Spülmaschine aus. Rainer kam in die Küche und nahm sich eine Flasche Sprudel.

„Schau mal", sagte Lena, „was ist das denn für ein Besteck?" Rainer nahm das Messer und die Gabel in die Hand, lächelte und sagte: „Das ist aus Liebenzell. Der Fleischsalat war so teuer, da war das Besteck inbegriffen!"

„Rainer!", entrüstete sich Lena.

„Nein, nein", lachte Rainer, „das hat mir Markus ins Jackett gesteckt. Das bring ich natürlich zurück." Da war er noch keine 17!

Jetzt schaute Lena die Fotos an, die im Wohnzimmer in runden Passepartouts an der Wand hingen – Rainer nannte sie ‚die Ahnengalerie' – da war Rainer mit der Schultüte! Wie lange ist das her?

Damals. Als Thomas, 20 Monate älter als Rainer, 1972 ganz stolz mit dem neuen Schulranzen in die 1. Klasse kam, durfte Rainer nun in den Kindergarten gehen. Sehr gerne war er dort und hatte bald nicht nur viele Freunde, sondern auch Freundinnen. Wenn Lena ihn um 11 Uhr abholte – die Zeiten waren am Morgen von 8 bis 11 Uhr, und am Nachmittag von 14 bis 16 Uhr – dann sah sie, wie die Mädchen sich mit Küsschen von Rainer verabschiedeten. Das besprach Lena gleich mit Tante Elli, der Kindergärtnerin.

„Ja, das hab ich auch gesehen", sagte sie, „Rainer ist auch wirklich der erklärte Schwarm von allen. Er ist ein so liebes und umgängliches Kind, er hilft sofort, wenn er sieht, dass eins nicht weiter weiß."

An einem warmen Oktobertag, kurz vor Rainers fünftem Geburtstag, holte Lena ihn vom Kindergarten ab. Weil der Kindergarten an der Durchgangsstraße lag, waren Alleingänge der Kinder viel zu gefährlich. Rainer hüpfte an Lenas Hand, blieb plötzlich stehen und sagte: „Mama, weißt Du das?: Warum ist die Banane krumm?" Lena schaute auf ihn herunter und sagte: „Bananen wachsen so am Baum, in Afrika, weißt du, wo es immer ganz warm ist." Da drückte er ihre Hand und sagte: „Wenn die Banane gerade wär, dann wär sie ja keine Banane mehr!", und lachte sein helles Kinderlachen, und freute sich, dass er seine Mama so reingelegt hatte.

Als dann im nächsten Frühjahr die Großen, aus seiner Gruppe, erzählten, dass sie zur Schuluntersuchung gehen werden, da wollte Rainer das natürlich auch. Er möchte einen so großen Schulranzen, wie der, den Thomas hat, sagte er. Sein Vater versuchte, ihm zu erklären, er sei ja erst 5, aber wenn er im nächsten Jahr 6 wäre, dann dürfe er auch zur Schule gehen. Doch damit gab sich Rainer nicht zufrieden. Nun bettelte er bei Mama. So gerne möchte er doch ein Schulkind sein wie Thomas, und kein Kindergartenkind mehr. Mit Isabelle möchte er zur Schule gehen. Aha, dachte Lena, daher weht der Wind! Da nahm sie ihn mit, als sie Thomas bei Regen mit dem Friesennerz aus der Schule abholten. Sie fragte Thomas' Klassenlehrer, Herrn Neumann, ob er Rainers Wunsch in Erwägung ziehen könnte.

„Ganz einfach", sagte Herr Neumann, „da gibt es einen kleinen Test, den ich durchführe, zwei andere Kinder sind auch schon angemeldet, und dann sehen wir, ob Rainer schulreif ist."

Als Lena Rainer am Testtag, kurz vor Mittag, abholte, sagte Herr Neumann: „Rainer hat als einziger den Test bestanden, er ist schulreif und darf Anfang September eingeschult werden. Allerdings müssen Sie sich nun sputen mit der ärztlichen Untersuchung für Rainer, die für alle Sechsjährigen schon abgeschlossen ist."

Zum Termin ging Lena mit Rainer in die frisch gebaute Waldschule. In einem leeren Klassenzimmer begrüßte sie eine junge Ärztin. An der aufgeklappten Tafel klebten große Poster mit Symbolen aus dem Alltag, Gegenstände, die ein Kind in Rainers Alter kennt, und natürlich auch Bilder von Spielzeug, Tieren und Blumen. Auf dem Boden war ein weißer Strich gezogen, die Ärztin sagte: „Bitte Rainer, geh mal bis zu dem Strich, und dann sagst du mir, was du dort an der Tafel alles siehst."

Rainer stand vor dem Strich, schaute hoch und sagte nichts. „Bitte, Schatz", sagte Lena, „sag nur, was du alles erkennst."

Rainer blieb stumm. Da sagte die Ärztin: „Wenn du das nicht sehen kannst, dann geh mal so weit nach vorne, bis du es erkennst."

Da ging Rainer schnurstracks bis dicht vor die Tafel, zeigte auf die einzelnen Bilder und sagte: „Das ist eine Tasse, eine Lokomotive, ein Bär, eine Schaukel …"

„Er sieht in der Entfernung schlecht, haben Sie das nicht gewusst? Er muss dringend zum Augenarzt." Lena schämte sich entsetzlich. Da hatte sie einen Buben, der 5 Jahre alt war, und durch diese Welt ging und in der Entfernung nichts erkennen konnte! Natürlich würde in der heutigen Zeit keiner Mutter so ein Fehler unterlaufen! Es gibt von U1 bis U8 für jedes Kind ärztliche Vorsorgeuntersuchungen bis zum Schuleintritt und noch darüber hinaus. Aber damals haben die Eltern selbst die Initiative ergreifen müssen. Mit keinem Gedanken hatte Lena so etwas geahnt.

Und so gingen die Eltern mit beiden Kindern zum Augenarzt. Beide bekamen eine Brille, doch Rainers Augen sahen viel schlechter und hatten einen weitaus höheren Dioptrienwert als Thomas' Augen.

Lena sucht jetzt die Kinderfotos heraus und findet eins von Rainer, da war er 7½, natürlich mit Brille. So gefiel er ihr immer am besten, selbst als später die Kontaktlinsen modern wurden, sah Lena ihn mit Brille viel lieber.

Hier, im Wohnzimmerschrank, steht ein Fotowürfel. Ein Bild zeigt Rainer mit 12, natürlich mit Brille, wie er in Mutters Fiesta sitzt, den linken Arm ganz lässig im offenen Seitenfenster, rechte Hand am Steuer, zum Fahren bereit. Als Lena das Foto damals entrüstet anschaute, sagte der Vater: „Ein bisschen muss er auch belohnt werden, wenn er jeden Samstag dein Auto wäscht! Mach dir keine Sorgen, er kann fahren. Einmal den Forstgartenweg rauf und wieder zurück. Ich passe ja auf."

Wie kam es, dass Rainer wieder ein so inniges Verhältnis zu seinem Vater hatte?

Damals. Denn 1975, als Lena, die seit Kurzem berufstätig war, von ihrem Ehemann erfuhr, er habe ‚die Frau seines Lebens‘ gefunden und wünsche die Scheidung, brach nicht nur für Lena eine Welt zusammen. Rainer hatte zwei Grundschulklassen absolviert, als Lena mit beiden Kindern in den Sommerferien wieder zurückzog in die Heimat, in die Nähe von Köln, nach Bensberg-Frankenforst, wo ihre Freundin, Anneliese, ihr eine kleine Wohnung besorgt hatte. Die Schule in NRW begann bald, so meldete Lena beide Kinder dort bei Rektor Ritter an und musste zum ersten Mal auf die Frage des Rektors antworten, der sie fragte: „Konnte Ihr Mann nicht mitkommen?"

„Ich bin geschieden", sagte sie, da liefen auch schon die Tränen. Herr Ritter hatte Verständnis für die Mutter, sprach ihr Mut zu, und teilte Thomas, 9 Jahre, in die vierte Klasse ein, die er selbst führte, und Rainer in die dritte.

Von Anneliese erfuhr Lena, dass der Montessori-Kindergarten auch für Schulkinder einen Mittagstisch anbot und sogar am Nachmittag die Hausaufgaben betreuen würde. Für diese Nachricht war Lena sehr dankbar. Denn sie arbeitete nun bis zum späten Nachmittag im Außendienst. Sie musste ja jetzt das Geld verdienen, denn der Vater sollte, laut Scheidungsurteil, nur für beide Kinder 300 DM im Monat zahlen.

Es dauerte nicht lange, bis Herr Ritter Lena um eine Unterredung bat. Rainer, noch 7 Jahre alt, litt so sehr unter dem Verlust des Vaters, so vermutete auch der Rektor. Rainer käme jeden Morgen in die Klasse, setze sich auf seinen Platz, ganz still und apathisch, und weine leise vor sich hin. Er arbeite nicht mit, sondern sitze nur da und weine bis zum Schulschluss.

Diese Nachricht schnitt Lena durchs Herz. Doch Herr Ritter hatte eine Lösung: Er möchte Rainer zu Frau Libor in die 2. Klasse geben, die selbst eine Mutter wäre und Rainer ganz sicher gut betreuen würde.

Als Lena am Abend heimkam und alle bei Tisch saßen, sagte Rainer: „Mami, wir haben eine neue Lehrerin, sie heißt Frau Libor und hat ganz blonde Haare. Sie sieht aus, wie ein Engel." Das freute Lena so sehr, dass der Bann nun gebrochen schien.

Damals. An einem Wochenende, kurz darauf, kam der Vater zu Besuch. Die einzelnen Geschenke, die er für beide Kinder mitbrachte, interessierten Thomas mehr, doch Rainer saß gleich an Vaters Seite.

Er befleißigte sich sofort, Lena zu erzählen, dass er sich von dieser Wienerin getrennt habe, und bat Lena, wieder zurückzukommen, denn er könne ohne seine Familie nicht leben. Da sagte Lena – diesen Satz wird sie ihr Leben lang nie mehr vergessen: „Wir sind doch kein Sack Kartoffeln, den du heute hierhin und morgen dorthin stellen kannst."

So kam der Vater nun jedes Wochenende, brachte den Kindern immer etwas mit, sogar einmal ein aufblasbares Boot, mit dem er mit beiden die Maare in der Eiffel durchquerte. Er bemühte sich sehr um die Kinder. Bei Rainer rannte er offene Türen ein. Auch in der Schule taute Rainer auf, erfuhr Lena aus einem Telefongespräch mit Frau Libor, seiner Klassenlehrerin. Über diesen Erfolg freute Lena sich sehr.

Damals. Die Wochen und Monate gingen ins Land. Der Vater ließ nicht locker und fragte jeden Sonntag, bevor er wieder fuhr, wann Lena nun endlich mit den Kindern wieder nach Baden-Württemberg kommen möchte, wo er seinen Beruf ausübte. Und obendrein hatte er die Zusage für ein Haus in Althengstett, in der Nähe von Calw, das zu mieten wäre.

Nach einem Jahr hatte Lena sich durchgerungen, hauptsächlich der Kinder wegen, den Weg zurück zu wagen. Die Besichtigung des Hauses fiel mehr als positiv aus, freistehend, mit roten Klinkersteinen an kleinem Hang soeben erst erbaut, mit guter Qualität, das konnte sogar Lena, als Laie, erkennen. Im Garten gab es einen Hühnerstall, der später abgerissen werden sollte, einen Pflaumen- und einem Quittenbaum. Lena war mehr als begeistert. Der Hausbesitzer bot ihrem Mann an, das Haus zunächst zu mieten und es nach den ersten 5 Jahren der Steuervergünstigung für ihn, für 350.000 DM zu kaufen.

„Einverstanden, genauso machen wir das", sagte ihr Mann.

Die Sommerferien boten sich zum Umzug an. Im September 1976 besuchte Thomas die 5. Klasse des Hermann-Hesse-Gymnasiums in Calw. Dorthin fuhr er mit einem Schienenbus. (Demnächst wird die renovierte Strecke ‚Herman-Hesse-Bahn' heißen.) Schon um 6.45 Uhr zog er los, während Rainer ganz in der Nähe die 3. Klasse der Grundschule in Althengstett besuchte. Dort engagierte sich der Vater sehr und war bald Elternbeiratsvorsitzender für diese Schule. Der Rektor Bausch arbeitete sehr eng mit ihm zusammen, sodass nun viel bewirkt und erreicht werden konnte. Beispielsweise wurde der Antrag bewilligt zum verbreiterten Ausbau der Verbindungsstraße zum Nachbarort. Die Arbeiten begannen prompt. Oder als die Schule um Ersatz für zwei schwangere Lehrerinnen für das neue Schuljahr bat, erhielt sie diese, mithilfe des Vaters, als Elternbeiratsvorsitzender.

Jetzt, in diesen Tagen und Wochen, sind für Lena die Stunden des Grübelns über die Vergangenheit, die Zeit, die sie mit Rainer erleben durfte, so schwer zu ertragen, dass sie stets mit vielen Papiertaschentüchern umhergeht. Lange, lange begriff sie es nicht, sie wollte es nicht wahrhaben: niemals mehr kommt Rainer heim zu ihr, niemals mehr.

Am Telefon sagt Erika: „Ich weiß, du kannst es nicht begreifen. Du kannst dieses furchtbare Unglück nicht verstehen. Niemals wirst du es verstehen, du kannst es nur aushalten." Ja, denkt Lena, sie spricht aus Erfahrung. Aber dieses ‚Aushalten' trägt sich so verdammt schwer.

Man braucht nur einen Menschen,
den aber, braucht man sehr.

Sie ging ins Bad. Die Duschkabine stand offen, sie sah auf die neue rutschfeste Matte, die ihr Rainer vor Kurzem an einem Sonntag mitbrachte. „Die ist für Dich wichtig", sagte er beim Auspacken.

Danke, Rainer. „Was wünschst du dir diesmal zum Geburtstag?", hatte er wie immer gefragt. Im letzten Jahr vor Weihnachten sagte er: „Ich möchte dir eine Notfalluhr schenken, aber nur, wenn du sie auch immer trägst, jeden Tag. Nur dann erfüllt sie ihren Zweck. Ungefähr alle zwei oder drei Tage solltest du die Batterie wieder aufladen, ist ganz einfach, schau mal."

Lena trägt die Uhr, jeden Tag. Zum Aufladen legt Lena sie an das Kabel auf den Nachttisch. Wenn sie am Abend nach den Fernsehnachrichten im Sessel sitzen bleibt, um eine interessante Sendung zu verfolgen, brummt die Uhr plötzlich, und auf dem

Display liest Lena: „Sie sitzen nun seit einer Stunde. Stehen Sie auf und bewegen Sie sich!" Eine wirklich lustige Uhr, aber eine fürsorgliche, denkt Lena. Rainer hatte sich und zwei von Lenas Nachbarn mit den Telefonnummern eingespeichert für den Fall, dass … Danke, Rainer.

Einmal brachte er einen Schlauchwagen mit, weil er gesehen hatte, dass Lena den Schlauch nach dem Gießen an der Querseite des Hauses entlang legte. So kann sie ihn nun jeden Abend nach dem Gießen ordentlich auf den Wagen rollen. Danke, Rainer.

Dann verweigerte plötzlich die Spülmaschine ihre Dienste, Rainer bestellte per Handy ganz schnell eine neue, die er sofort am nächsten Sonntag mit Fabian einbaute. Auch der Gefrierschrank wurde erneuert. Lena brauchte zum Aus- und Einbau keinen Handwerker bestellen, auch das machte Rainer mit Fabian. Mit so vielen Dingen ging er Lena zur Hand. Er besorgte, was nötig war und wusste, wie man es zum Benutzen auch herrichtet. Danke, Rainer.

„Ja, Rainer, du mein Alleskönner, wirst mir fehlen bis zu meinem letzten Atemzug. Aber nicht nur wegen deines handwerklichen Könnens und deines schnellen Helfens, sondern weil du es bist und ich dich so sehr lieb habe. Es war schön, Dir zuzuschauen, wie du alles ganz ruhig und bedacht behandelt hast."

Das sagte Lena laut, als sie im Vorratskeller neue Papiertaschentücher holen wollte und an die Holzdecke schaute, die auch er mit seinem Vater angebracht hatte, vor mehr als 40 Jahren.

„Oh, Rainer, überall bist du!" Jeden Abend, wenn Lena in allen Zimmern im Haus die Rollläden herunter lässt, geht sie an seinem Bild vorbei, das in der Diele, neben der Tür seines Kinderzimmers hängt, hinter Glas, 60 mal 40 cm groß. Das zeigt Rainer mit fast 3 Jahren, am Strand der holländischen Nordsee, bei strahlend blauem Himmel, er, fröhlich lachend, braun gebrannt, im weißen Pulli mit der blauen Sandschaufel in der Hand. Ohne ein Streicheln über seinen Haarschopf oder sein Gesichtchen kann Lena nicht vorbeigehen. Und wenn sie in der Küche arbeitet, und die beiden hellen, neuen Spülbecken sieht, die er mit Fabian vor ein paar Monaten eingebaut hat, dann hört sie ihn:

„Ich muss dir eine neue Arbeitsplatte einbauen. Der Aufliegerand ist beim tiefen Becken schmaler, als der beim alten, grünen Becken war. Der Schreiner hatte das Loch für das Becken viel zu weit ausgesägt, was ich vor dem Ausbau nicht sehen konnte. Nun hab ich mit viel Silikon arbeiten müssen. Wie gesagt, du kriegst die neue Arbeitsplatte."

Ach Rainer, wie unwichtig das heute ist! Du kommst nie mehr zu mir.

Damals. In dem Ort Althengstett lebte Lenas Familie fünf Jahre in diesem wunderschönen Haus. Gleich zum Weihnachtsfest 1976 hatte Lena den Kölner Besuch eingeladen, ihre Mutter, ihre Schwester Henny mit Ehemann Ewald und den Kindern Sonja und Oliver, ungefähr im gleichen Alter wie Lenas Buben.

Am Heiligabend waren alle vier Kinder noch wohlauf, doch beim Frühstück am Weihnachtsmorgen wollte Rainer nichts essen, er habe Bauchschmerzen. Das war ein Satz, den Lena so oft von Rainer hören musste. Sie dachte, dass er dieses oder jenes nicht möchte und die Bauchschmerzen vorschob. So kam Rainer nun mit der Wärmflasche in Papas Bett, und alle hofften, dass es ihm bald wieder besser gehen würde. Als der Vater etwas später nach ihm schaute, hatte Rainer hohes Fieber, sodass der Arzt aus dem Nachbarort kam und eine Blinddarmentzündung feststellte.

„Sofort ins Kinderkrankenhaus nach Böblingen“, sagte er.

„Blinddarmentzündung am 1. Weihnachtstag!“, sagte Oma entsetzt.

„Ihr bleibt alle hier, ich fahre mit Rainer nach Böblingen ins Kinderkrankenhaus.“ Alle machten sich nun Sorgen, vor allem Lena. Sie verschwand in der Küche, denn schließlich hatte sie Gäste. Das Weihnachtsmahl verlief etwas einsilbig, bis der Vater nach Stunden zurückkam. Er habe bis nach der OP gewartet, denn während der Untersuchung hieß es: „Höchste Eisenbahn, er muss sofort operiert werden!“ Der Arzt hatte später dem Vater erklärt, dass der Blinddarm sehr vernarbt war, Rainer müsse mehrere Blinddarmreizungen gehabt haben. Da fühlte Lena sich schuldig. Oh, Rainer, das war also stets der Grund für deinen schlechten Appetit. Deine Bauchschmerzen waren tatsächlich immer echt!

Nach 5 Tagen durfte er heim, die Heilung verlief normal. Ins neue Jahr hinein konnte er zu Hause feiern. Nur der Kölner Besuch war nicht mehr da, kein Oliver, mit dem er ein Fahrradrennen hätte austragen können, weil in diesem Jahr an Weihnachten kein Schnee mehr lag. Vielleicht hätte er mit Oliver unten, in seinem Zimmer, die zuletzt aufgenommenen Sketche von Didi oder Otto abhören können, „palim, palim" oder … oder. Er war sehr geknickt über den verpassten Besuch.

Nach dieser OP hatte Rainer einen guten Appetit und legte sogar zu, was alle deutlich sehen konnten. Denn im nächsten Jahr, während der Sommerferien, als sich Oliver mit Sonja aus Köln wieder hier im Schwarzwald einfanden und natürlich die Schwimmbäder im Umkreis besuchten, stand Rainer neben Oliver im Sprungturm auf dem Dreimeterbrett, alle schauten bewundernd hoch, und Oma sagte: „Jetzt hat Rainer endlich zugenommen, früher war er viel zu dünn."

Damals. Im Frühjahr 1979 war der Hühnerstall hinter dem Haus, im Garten abgerissen worden, sodass nun die große Garage gebaut werden konnte. Zur Einweihung fand am Samstagnachmittag ein kleines Grillfest statt mit den Nachbarn, Edeltraud, Orlando und Tochter Christine, ungefähr 6 oder 7 Jahre alt. Sie war besonders schüchtern, doch Rainer hatte gleich einen Draht zu ihr.

Als die Johannisbeeren reif waren, fragte die ältere Nachbarin, Frau Mainzer, ob Rainer ihr die Träuble pflücken würde, sie könnte so schlecht sehen. Aber sicher, das machte er, auch im nächsten Jahr. Nun hatte er bei Oma Mainzer auch einen Stein im Brett und wurde mit Süßigkeiten beschenkt. Die brachte er heim, weil er viel lieber etwas Herzhaftes mochte. Die Abneigung gegenüber süßen Sachen behielt er sein Leben lang.

Wie lang war sein Leben? Fünfundfünfzig und dreiviertel Jahre! Alles hat seine Zeit – nein, nein, Rainers Zeit ist keine Menschenzeit!

Man braucht nur einen Menschen,
den aber, braucht man sehr!

Damals. Ende der 90er-Jahre, als Lena in den Ruhestand ging, beschloss sie, alle Zimmer im Haus zu renovieren, als erstes das Wohnzimmer. Der Inhalt aller Schränke verpackte sie in Kartons und trug sie in den Keller. Rainer schob die Coach und die Sessel, die 4 Elemente des Wohnzimmerschranks, in die Diele, Esstisch und Stühle trug Rainer und Lena nach ganz oben. Nun konnte Lena mit viel Schwung und guter Laune beginnen. Der Teppichboden, der ihr noch nie gefallen hatte, durfte liegen bleiben, denn er sollte später endlich entsorgt werden.

Rainer hatte mit seinem Freund, Ono, ausgemacht, im Wohn- und Esszimmer einen Parkettboden zu verlegen – denn Ono hatte schon eine Schreinerlehre absolviert!

Lena klebte zunächst die Tür, die Gardinenanbringung an den Fenstern und der Durchreiche sorgfältig ab. Dann begann sie mit der großen Rolle, auf der Leiter stehend, die Decke mit der weißen Farbe zu rollen. Die Lampen über dem Esstisch und der Couchecke hatte Rainer abgenommen, also ‚freie Fahrt‘ für Lena. Danach nahm sie sich die erste Wand vor. Herrlich, wie die Rolle in einem leeren, großen Zimmer nur so davonlaufen konnte!

„Wolltest du nicht noch mal zu Christa nach Bad Zwischenahn?", fragte Rainer sehr geschickt, weil er natürlich freie Bahn haben wollte für die Parkettverlegung. Christa war einverstanden, so fuhr Lena mit einem Opel Rekord, ein früheres Fahrschulauto, das Rainer ihr geschenkt hatte, als sie in den Ruhestand ging, zu Christa. Eine Woche ließ sie sich von Christa verwöhnen. In dieser Zeit verlegten die beiden ein wunderschönes, helles Parkett ins frisch gestrichene Wohn- und Esszimmer. Die Möbel standen schon wieder drin und die Lampen hingen an ihrem Fleck, als Lena heimkam. Nur der Inhalt der Schränke stand noch in den Kartons im Keller.

Lena war mächtig stolz auf die beiden Jungs und das so gut und fachmännisch verlegten Parkett. Einen neuen runden Teppich kaufte sie unter den runden Esstisch. Der große, weinrote Afghan kam gereinigt wieder ins Wohnzimmer, das einzige Erbstück, das Lenas Mann von seinem Vater erhalten hatte: einen aus Kunstfasern hergestellten, ‚falschen‘ Afghan! Die Geschichte hierzu erzählte er oft in aller Ausführlichkeit:

Der alte Herr Doktor, sein Vater, arbeitete vor, im und auch noch nach dem Krieg in einer Abteilung des Bayer-Konzerns, der in der Zeit des Nationalsozialismus auf dieser Schiene lief und auch sehr viel Unrecht auf seine Schultern geladen hatte, wie man heute weiß. So entwickelte diese Abteilung im Krieg des ‚Herrn Doktor der Chemie‘ die beiden Kunstfasern ‚Cuprama‘ und ‚Cupresa‘, die als kriegswichtiges Material verwendet wurden, etwa für Fallschirme, Planen für Lkws und ähnliche Abdeckungen. Nach dem Krieg, in der noch armen Zeit, verwendete man diese beiden Fasern auch in der Herstellung von Kleidung. Während der Entwicklung der beiden Fasern, damals, wurde genau dieser Teppich, in den Farben und Mustern eines Afghans angefertigt, um zu zeigen, was man mit diesem Material alles herstellen kann. Später hat die Firma diesen Teppich dem Herrn Doktor, dem Entwickler der Fasern, geschenkt. Leider konnte er ihn der Größe wegen in seinem neuen Zuhause nicht behalten und gab ihn seinem Sohn. Lena hat ihn heute noch. Er ist 3 mal 4 Meter groß und hat keine Fransen mehr, denn Lena ließ ihn säumen an den beiden Kurzseiten, und deshalb ist er nun noch besser zu staubsaugen.

Und jetzt sitz Lena an ihrem PC und denkt an Rainer, die Schrift verschwimmt vor ihren Augen, trotzdem brennen sie. Doch sie will weiterschreiben an Rainers Buch, sie muss fertig werden, bevor sie … Ganz fest will sie ihn bei sich haben, so fest, wie sie nur kann. Bald jährt sich sein Geburtstag, dazu möchte sie Freunde einladen, seine Freunde, vielleicht die, aus alter Zeit, ja, die Clique aus Calw, mit der er seine Jugendsünden beging.

Lena sah alle Jahre keinen von ihnen mehr, sicher 30 lange Jahre nicht. Alle waren zur Beerdigung gekommen, Rainer die letzte Ehre zu erweisen. Sie mussten sich Lena vorstellen, denn sie erkannte auf den ersten Blick niemanden mehr. Später setzte sie ihr Vorhaben um, alle zu Rainers Geburtstag einzuladen, nicht zuletzt auch deshalb, damit sie nicht allein an diesem Tag in Tränen zerfließen würde. Der große Schmerz sitzt tief und manchmal meint sie, er frisst sie auf. Sie sitzt nur da und denkt wieder und wieder: Warum? Und immerzu diese Frage: Warum mein Rainer?

Immer noch saß sie am PC und rollte auf ‚Word‘ die Titel runter. Dabei fand sie: „Rainers Geburtstag 1991“.

Ganz langsam sah sie, mit vielen Tränen, die ihr den Blick versperrten, auf den langen Text.

Mein lieber Rainer,   20.10.1991

zu Deinem Tag der Geburt, Deinem Geburtstag, heute vor 24 Jahren gratuliere ich Dir – und mir auch – ganz, ganz herzlich!

Kinder wollen gerne von ihren Müttern wissen, wie das war, damals. Gut, ich erzähl's Dir.

Es war ein Freitag, ein sonniger Herbsttag, als sich um 13 Uhr die ersten Wehen bemerkbar machten, 13 Tage vor dem ausgerechneten Termin.

Thomas schlief seinen Mittagsschlaf im Kinderzimmer in Köln-Deutz. Papa war beruflich unterwegs, wie jeden Tag. Noch war ich beim Wäscheaufhängen auf dem Balkon, spürte aber nun, dass ich mich sputen müsse, ins Hildegardis-Krankenhaus zu kommen.

Nebenan, im zweiten Stock in der Deutzer Freiheit 88, wohnte eine freundliche Oma von 6 Enkelbuben, Frau Jendges, die ich sehr herzlich bat, sich in unsere Wohnung zu setzen, damit sie hören könne, wenn Thomas aufwacht. Meine Mutter würde sehr bald kommen, ich hatte sie schon telefonisch informiert.

„Das mache ich", sagte sie, „ich warte in jedem Fall auf Ihre Mutter."

Die bestellte Taxe kam schnell, ich nahm meine gepackte Tasche und stiefelte die zwei Stockwerke nach unten. Der Taxifahrer fuhr mich zur Bachemer Straße in Köln-Lindenthal, ins Hildegardis-Krankenhaus. Da zu der Zeit noch längst nicht so viel Verkehr war, wie heute, waren wir bald dort. Schon im Taxi kamen die Wehen regelmäßig kurz aufeinander, sodass ich mich beeilte, die lange Außentreppe hochzusteigen, um nun schnell die gynäkologische Abteilung aufzusuchen.

„Aha, die Frau Bischof!", hörte ich Schwester Notburga, die mir entgegenkam. Sie geleitete mich sogleich in ein Zimmer.

„Hier ist das Nachthemd für Sie, alles genau wie beim letzten Mal. Wie lange ist das her?", fragte sie.

„Genau 20 Monate", sagte ich und freute mich, über das herzliche und selbstverständliche Willkommen. „Pabst ist zu hoch, Bischof langt", hatte sie bei Thomas Geburt gesagt. So hieß ich nun ‚Frau Bischof'.

Nach ihrer Untersuchung sagte Schwester Notburga: „Zum Baden reicht die Zeit nicht mehr. Kommen Sie gleich mit in den Kreißsaal." Die Hebamme, Schwester Assumpta, gab klare Anweisungen. Sie versuchte, Dr. Schürholz telefonisch zu erreichen, was ihr jedoch nicht gelang. Sie vermutete ihn wieder mal im Stau auf der Inneren Kanalstraße.

Doch Dich konnte das alles nicht interessieren, Du wolltest raus – mit oder ohne Arzt. Du lagst gut, sagte Schwester Assumpta, „dunkle Haare", nur noch drei Presswehen – und sie hielt Dich an beiden Füßen hoch, mit ihrer anderen Hand hob sie meinen Kopf vom Kissen, damit ich Dich auch sehen konnte, und sagte: „Ein Bub, wieder ein Bub, und alles dran!" Sie nabelte Dich ab und legte Dich mir, in ein Tuch eingewickelt, in den Arm. Als kurz darauf Dr. Schürholz kam, holte er nur noch die Nachgeburt.

Ich wurde in mein Zimmer geschoben und Du kamst zu den Babys, ja, so war das damals.

Du warst sechseinhalb Pfund schwer und 52 cm groß – und vor allem g e s u n d! Und ich war eine glückliche Mutter – mein Rainer!

Und jetzt, mein großer Rainer, bist Du ein examinierter Fahrlehrer!!!
Und heute?
Die Zeit, sie läuft im Sauseschritt –
Und wir, wir laufen alle mit.

Herzlichen Glückwunsch, auch zum Fahrlehrer
meinem lieben Rainer!

Wie weh das tut. Lena hat ihn nicht mehr. Nie mehr kann sie neben ihm im Auto sitzen, so wie er sie zur Augenklinik nach Tübingen gefahren hatte, 2021, und auch bei den Untersuchungen dabeigesessen ist – und trotzdem hat man ihr nicht den grünen Star, sondern den grauen Star operiert, sodass sie nun eine feuchte Makuladegeneration im rechten Auge hat und nur noch den Mittelpunkt des Objektes sieht, und auf dem linken Auge hat sie nur 50 % Sehkraft.

Damals. Rainer liebte es, auch in Althengstett, so oft wie möglich draußen zu sein, mit dem Rad natürlich. Hausaufgaben, ach ja, ganz schnell. In seinem Zimmer, an seinem Schreibtisch verbrachte er wenig Zeit. Er musste raus. Bald kannte er den neuen Radiohändler in Althengstett, ganz in der Nähe von Michael, Thomas' Freund und Klassenkamerad. Natürlich wusste er auch, wo der Sportplatz war und der Schreibwarenladen. Dort gab es nicht nur Mickymaus-Hefte, sondern auch Matchboxautos und Kassetten, leere natürlich, damit konnte er aus dem Radio

die Otto-Witze oder andere lustige Sketche, beispielsweise von Didi, oder auch Otto, aufnehmen, später
dann die Musik, die für die Tanzschule wichtig war.

Als dann im Frühjahr 1980, kurz nach Thomas'
Konfirmation, Rainer war zwölf, der Hausbesitzer
die Frist des Hausverkaufs auf das kommende Jahr
setzte und nicht mehr von 350.000 DM sprach,
sondern von 500.000, da waren alle traurig, denn
dieser Preis war entschieden zu hoch. Der Vater fand
im Nachbarort Reihenhäuser im Bau, unterschrieb
gleich beim Bauträger alle Formulare für eine Dop-
pelhaushälfte. Lena unterschrieb nicht mit Freude.
Später sagte der Hausbesitzer über den Gartenzaun
zu Vater, er habe nun für 420.000 verkauft, ihm hätte er das Haus für 400.000 DM gegeben!!

Ab September ging Rainer mit seinem Vater jedes
Wochenende in den ‚Bau'. Der Vater plante und besprach mit Rainer, was sie alles selbst machen könnten.
Zum Beispiel hieß es wörtlich im Bauplan: ‚ausbaufä-
higes Dachgeschoss'! Na, das war doch klar, dass diese
Arbeit Vater und Sohn erledigen würden. Außer dem
Estrich, rohen Wänden und den nackten Dachziegeln
gab es nichts in dem großen Raum. Rainer war immer
an Vaters Seite. Sie fertigten nach der Isolierung eine
Holzverkleidung für die Dachpfannen, Rigipsplatten
und Raufasertapete kam an die Wände, und natürlich
wurde ein Teppichboden verlegt. Die beiden flinken
Handwerker sägten, bohrten, hämmerten und klebten fleißig und hatten ihre Freude daran, wie der große Raum wohnlich wurde.

Es reichte sogar bis zum Einzug, in der Küche, im WC und der Diele im Eingang unten, im Treppenabsatz und dem Bad oben eine Holzdecke einzuziehen. Nur bauseits ein paar Fliesen rings ums Waschbecken im WC reichte den beiden nicht. Der Raum wurde ganz gefliest, bis an die Holzdecke. Auch der nackte Estrich in den Kellerräumen wurde mit Fliesen ausgelegt. Die beiden waren ein eingespieltes, tolles und fleißiges Team.

Mit Holz zu arbeiten gefiel Rainer besonders gut. Jeden Samstag und Sonntag arbeitete Rainer mit Vater im Haus. Sie kamen nur zum Mittagessen kurz heim, zu Lena, in das wunderschöne Haus in Althengstett, aus dem Lena überhaupt nicht ausziehen wollte.

Heute weiß Lena, dass s i e mit dem Hausbesitzer hätte reden sollen, denn ihr Mann konnte nicht mit ihm verhandeln. Doch Lena wuchs zu einer Zeit auf, als nur der Vater das Wichtige für alle in der Familie entschied, die Mutter blieb meistens stumm. Als Lena später mit den Kindern auf sich allein gestellt war, da lernte sie, zu kämpfen und die Ellenbogen zu gebrauchen, und den Kopf natürlich. Es blieb ihr nichts anderes übrig.

Rainers Liebe zu Holz entdeckte er neu vor etwa 20 Jahren, als er den 2. Stock seines Hauses in Tübingen umbaute und so einrichtete, wie es für ihn praktisch war. Er versetzte Wände, sodass die Küche, das Bad und das WC sich nun woanders befanden. Natürlich baute er eine Holzküche ein. Der Wärmespeicher spielte eine große Rolle. Eine Holztreppe baute er nach oben bis unters Dach, das nun auch holzverkleidet wurde. Dort oben schlief er nun und war dem Himmel noch ein Stück näher. Die Stockbetten, in denen er und sein Bruder Thomas als Kinder schliefen, nahm er aus dem Elternhaus mit und stellte sie ins frisch renovierte Kinderzimmer. Natürlich im oberen Bett schlief nun Fabian, wenn er manchmal kommen durfte. Das warme Wasser floss sonnenerwärmt vom Dach in alle Wasserhähne.

Vom übrigen Holz des Kücheneinbaus arbeitete Rainer große, dicke Küchenschneidebretter, und schenkte Lena auch eins. Sie benutzt es seit Jahren stets und beherzigt Rainers Rat, es von Zeit zu Zeit mit Sandpapier abzuschleifen und es anschließend mit Leinöl einzureiben. Da es 3½ cm dick ist, wird es noch lange leben. Auch hierfür ganz besonders: Danke, Rainer.

Rainer war ein Praktiker durch und durch. Er wagte sich an alles ran. Und wenn etwas nicht gleich funktionierte, probierte er so lange, bis es seinem guten Urteil standhielt. Rainer war sparsam mit dem Material und auch mit dem Werkzeug, bescheiden in allem. Und seine Engelsgeduld war bewundernswert in der heutigen, hektischen Zeit, dachte Lena so oft.

Bei einem Besuche von Fabian erfuhr Lena jetzt, dass er mit seinem Freund Henry die von Rainer gebuchte Reise in die Karpaten genauso gemacht hatte, wie sie sein Vater mit ihm vorhatte, zu unternehmen.

Und beiden, Henry und auch ihm, habe es sehr gut gefallen, sagte Fabian.

„So hätte dein Vater das gewünscht", war Lenas Kommentar. Und wieder überfiel sie die Erinnerung an ihn.

„Rainer, du fehlst uns allen so sehr", sagte Lena laut ins Wohnzimmer als sie immer wieder versuchte, in der Stehlampe die Leuchtröhren in alle vier Fassungen zu stecken, um herauszufinden, ob vielleicht doch noch eine andere Röhre funktionierte. Keine Chance, nur eine Röhre brannte. Dabei sind solche Dinge so unwichtig, wenn es um den Verlust eines geliebten Menschen geht, dachte Lena hinterher, wenn es um den Sohn geht, den Lena für immer verloren hatte, ihr Kind. Er wird immer ihr Kind bleiben. Heut war wieder so ein böser Tag. Lenas Griff nach den Taschentüchern bremsten die Tränen nicht. Auch der Blick aus dem Fenster machte traurig. Der Himmel hing auf den nassen Dächern. Nur der Ahornbaum stand wie ein Lichtfleck da, noch voller Laub, seine Blätter hatten die schönsten Farben, in satten Herbsttönen. Sie starben jeden Herbst, doch im nächsten Frühjahr wachsen viele Tausend neue Blätter in zartem Grün wieder nach. Doch wir Menschen sterben nur einmal, dachte Lena. Sie war doch schon so alt. Warum? Warum er und nicht sie? So lange schon hadert sie mit diesem Schicksal. Niemals wird sie je eine Antwort finden, warum Rainer vor ihr sterben musste.

Man braucht nur eine Insel,
allein, im weiten Meer.
Man braucht nur einen Menschen,
den aber, braucht man sehr.

Damals. 1988 im Frühjahr holte die Bundeswehr Rainer nach Memmingen, Allgäu, zur Grundausbildung. Hier wollte er unbedingt den Lkw-Führerschein machen, denn mit 16 hatte er schon den Schein für das Motorrad bis 80 km/h bekommen, und fuhr stolz eine ‚Yamaha‘. Mit 18 machte er den Autoführerschein und erreichte anschließend noch die Motorrad-Fahrerlaubnis. Der einzige Schein, der noch fehlte, war der Lkw-Führerschein. Den wollte er unbedingt bei der Bundeswehr machen. Allerdings ergab sich später bei der Gesundheitsprüfung ein Problem: Der Arzt stellte fest, dass Rainers Sehfähigkeit sehr schlecht wäre und sagte: „Den Wunsch können Sie vergessen. Bei Ihren hohen Dioptrienwerten können Sie leider hier diesen Schein nicht machen. Man hätte Sie bei der Bundeswehr gar nicht annehmen dürfen mit Ihrem schlechten Sehvermögen. Wenn Sie das jedoch nun anfechten würden, dauert das Verfahren genauso lang, wie die Zeit, die Sie noch hier verbringen werden."

Sein Vorgesetzter fragte Rainer nach der Grundausbildung, wo er denn die restlichen 12 Monate als Bundeswehrsoldat gerne sein möchte. Rainers Antwort war: „Ich möchte nach Calw, wo wir wohnen. Meine Mutter hatte einen Herzinfarkt, sie ist nun dort allein, denn mein Bruder studiert Medizin in Heidelberg und kommt manchmal am Wochenende heim."

„Das geht in Ordnung", sagte sein Vorgesetzter, „dann ab nach Calw, in die Instandsetzung."

So kam Rainer heim, zu Lenas Freude, und meldete sich in besagter Instandsetzung in Calw. Auch hier versuchte er noch einmal sein Glück mit der Bitte um den Lkw-Führerschein. Doch seine Unterlagen waren längst in Calw angekommen, und die Antwort war: NEIN.

Von der Instandsetzung wurde er ins Offizierscasino versetzt. Nun schlief er zu Hause, der Dienst begann um 8 Uhr und endete um 17 Uhr, nur fünf Tage in der Woche. Das war ein tolles Leben, meinte Rainer. Jeden Morgen verließ er nach bekanntem Frühstück mit Lena um halb acht das Haus und kehrte um 17.15 Uhr gut gelaunt heim. Die Abende gehörten dem Tanzen und den Freunden.

Einer von ihnen erzählte Rainer, dass in dem neu erbauten, großen Haus an der Marktbrücke, ein ‚Café Calewa' eröffnet hätte, das junge Leute suchte, zum Bedienen. Dieses Angebot kam für Rainer gerade recht. Denn der Sold, den er nun erhielt, war weitaus geringer als das dicke Gehalt vorher.

Schnell zog er am Abend seine Uniform aus und sein Räuberzivil an und entschwand ins Calewa. Die Arbeit mache ihm großen Spaß, sagte er, weil ihm der Umgang mit den Gästen sehr gefiele.

Einen der jungen Besitzer, Jürgen, lernte Rainer dort kennen, dessen Vater eine Fahrschule besaß. Davon schwärmte Jürgen Rainer vor, wie großartig es wäre, Fahrlehrer zu sein. Er selbst möchte die Fahrschule seines Vaters nicht übernehmen, er habe andere Pläne. Seine Schwester möchte sie auch nicht, und sein Bruder studiere in Heidelberg.

„Dann könntest du sie doch später fortführen", sagte er zu Rainer, „das wär doch der Clou!"

„Ich hab ja noch nicht mal den Lkw-Führerschein", sagte Rainer.

„Kein Problem, den machst du ruckzuck auf Kosten meines Vaters, dafür sorge ich", prahlte Jürgen. „Fahren kannst du ja, dann kann mein Vater gleich einen Termin mit dem Prüfer machen. Die Gebühr kannst du ja vorstrecken, bis mein Vater …"

Oho, dachte Lena, als sie das von Rainer hörte:

Ein jeder spinnt auf seine Weise, der eine laut, der andre leise.

Kurze Zeit später erfuhr Lena, dass am nächsten Samstag, gleich um 8 Uhr im Nachbarort die Lkw-Prüfung sei. Diese Schnelligkeit erstaunte Lena sehr.

Kaum dass Rainer Samstagfrüh gegangen war, erschien er wieder in Lenas Küche. „Wieso bist du denn schon …", wollte Lena wissen.

„Das glaubst du nicht, Mama", setzte Rainer an.

„Als der Prüfer kam, Begrüßung, ich setzte mich hinters Steuer und wollte starten, da sagte doch tatsächlich der Prüfer:

‚Sie können gleich wieder aussteigen. Sie sind durchgefallen!‘ Ich dachte, mich tritt ein Pferd!

‚Wieso?‘, fragte ich.

‚Weil ein Lkw-Fahrer zunächst rund um sein Auto geht, um alles zu überprüfen, wie die geschlossenen Planen, die Bremsen, die Seitenblinker, die Scheinwerfer, und dann, wenn er mit dem Ergebnis zufrieden ist, dann erst steigt er ein!‘

Was sagst du jetzt, Mama? Die Prüfungsgebühren habe ich nun glatt umsonst gezahlt! Wenn ich nur einmal im Kurs gesessen hätte, dann wär mir dieser Fehler niemals passiert. Nur weil der Jürgen gesagt hatte: ‚Fahren kannst du ja.‘ Der Prüfer hat gleich einen neuen Termin mit mir ausgemacht und gesagt: ‚Jetzt wissen Sie ja Bescheid.‘ Aber die Gebühren muss ich nun noch einmal zahlen.“

„Ich denke, die zahlt der Vater von diesem …“

„Nein, nein“, sagte Rainer, „das sind ganz sicher nur blöde Sprüche von Jürgen, mit nichts dahinter. Es ist mein Führerschein und den zahle ich.“

Es dauerte allerdings noch eine ganze Weile, mit noch anderen Versprechungen dieses Jürgen, bis Rainer hinter seine Tricks und Machenschaften kam und er sich dann von Jürgen, und sogar aus Calw und der Tanzschule völlig zurückzog, so enttäuscht war er. Das waren wohl seine ersten negativen Erfahrungen in zwischenmenschlicher Beziehung, die ihn hart getroffen hatten. Doch diese Lebenslektion vergaß er wohl in Tübingen, weil es ihm dort, in seinem neuen Beruf als Fahrlehrer, in der

Trio-Fahrschule mit den beiden Dozenten ganz besonders gut gefiel, so sagte er immer wieder.

Damals. Lena fiel das Straßenfest ein, das ihr Mann im September 1981 für alle frisch eingezogenen Nachbarn in dieser kleinen Stichstraße am Wendehammer organisiert hatte. Bei Kaffee und Kuchen, später dann mit Grillfleisch und Bier vom Fass, saßen 8 Ehepaare auf Bierbänken an Tischen, um sich besser kennenzulernen. Zu vorgerückter Stunde, als bei den Herren das Sprechen etwas langsamer und auch schwer verständlich wurde, sagte ein Nachbar, der als Fahrlehrer bei der Bundeswehr schon pensioniert war, nun eine eigene Fahrschule hatte: „Alle Kinder hier in der Straße können bei mir den Führerschein für 500 DM machen!" Laute Begeisterung und Klatschen war zu hören.

Mit einer Yamaha 80, die Rainer mit dem geschenkten und gesparten Geld zur Konfirmation bezahlte, fuhr er in seine Firma. Mit 18 gehörte ihm ein gebrauchter Saab, von dem er schwärmte, weil das Blech noch dicker sei als das, der deutschen Autohersteller. Natürlich machte er dann auch noch den Motorradführerschein. Auch Thomas erhielt vorher schon alle 3 Scheine, das waren gleich 6 mal 500! Ja, dieser Herr Nachbar wusste, zu begeistern.

Nun fehlte also nur noch der Lkw-Führerschein. Natürlich lief beim zweiten Anlauf der Prüfung alles problemlos.

Was dann passierte, erfuhr Lena Wochen später – und war entsetzt: Rainer hatte bei seinem Arbeitgeber gekündigt und sich bei der VPA in Kirchheim/Teck zur Ausbildung als Fahrlehrer angemeldet. Das Zeugnis, das Rainer von seinem früheren Arbeitgeber erhielt, war allerhöchstens eine Arbeitsbescheinigung, fand Lena. Bei einem Anruf dort erfuhr sie, dass alle Herren, die Rainers Ausbildung begleitet hatten, geschockt waren, dass der beste Lehrling von den 36 in seiner Gruppe, nun die Firma verlassen wollte.

„Wir hatten eine ganze Menge mit ihm vor", sagte einer der Herren, „er sollte in die Forschung, wir wollten ihm alle Chancen bieten! Seine Kündigung hat den Zeugnisschreiber wohl so getroffen, dass er diesen Text verfasste. Natürlich bekommt Rainer ein neues Zeugnis, das seine Fähigkeiten hervorhebt, wenn er nun absolut gehen will."

Als Rainer Ende 1989 die 15 Monate bei der Bundeswehr absolviert hatte, begann er sofort mit seiner Ausbildung zum Fahrlehrer bei der VPA in Kirchheim/Teck. Er suchte sich dort ein Zimmer und kam an den Wochenenden heim, bepackt mit Heften und Büchern zum Büffeln. Die Prüfung vor dem Regierungspräsidium Stuttgart sollte kurz vor seinem 23. Geburtstag, im Oktober, sein. Das Gedicht zu diesem Geburtstag fand Lena:

Meine Wünsche für Dich, lieber Rainer
Ein langes Leben und viel Glück
das wünsch ich Dir von Herzen.

Gesundheit, so ein großes Stück,
nur Freude, keine Schmerzen.
Ein froh’ Gemüt für alle Tag,
das mög’ der Himmel schenken.
Und ich werd’, weil ich Dich mag,
an diesen Tag stets denken.
In Liebe, Deine Mutter   20. Okt. 1990

Was hat sich davon erfüllt, von Lenas Wünschen für Rainer? Nichts, gar nichts, überhaupt nichts, oh, Du, mein Rainer! Wieder einmal saß Lena am Schreibtisch und machte einer Heulsuse alle Ehre.

Es gibt Menschen, die hinterlassen einen Regenbogen auf deiner Seele, groß und bunt und wunderschön.

Damals. Auf den 3. Oktober 1990 war ursprünglich Rainers Prüfung, vor dem Regierungspräsidium, festgemacht. Doch auf diesen Tag wurde nun nach der Wiedervereinigung zum 1. Mal ‚Der Tag der Deutschen Einheit‘, als neuer Nationalfeiertag gelegt, als Erinnerung an die Menschen in der damaligen DDR, die mit ihren Friedensmärschen, „wir sind das Volk“, in Leipzig, Dresden, Berlin und anderen mittel- und ostdeutschen Städten die Auflösung dieses kommunistischen Staates bewirkt hatten – alle Jahre vorher gesteuert von der Sowjetunion, die sich nun auch im Zerfall befand. So wurde die Prüfung natürlich auf das nächste Jahr, eventuell auf April, oder Mai hinausgeschoben, was Rainer wirklich ärgerte.

Der 17. Juni war nun als Nationalfeiertag gestrichen, der ja auch zur Erinnerung an den damaligen, mit Gewalt niedergeknüppelten Arbeiteraufstand mit vielen Toten in der DDR im Jahr 1953, in Westdeutschland festgelegt war.

Natürlich bestand Rainer seine Prüfung und wurde dann von zwei seiner Dozenten, die miteinander eine Fahrschule in Tübingen unterhielten, als ‚dritter Mann‘ eingestellt. Zunächst fuhr Rainer die 36 km jeden Morgen von seinem Elternhaus in Stammheim nach Tübingen, in die ‚Trio-Fahrschule‘ – so hieß sie nun –, hin und am Abend zurück. Bald sprach er die ältere Frau Bauer an, die Besitzerin des Hauses, ob er sich die hinteren Räume renovieren dürfte, dann könnte er sich den Weg jeden Tag von und nach Stammheim sparen. Damit war Frau Bauer sehr einverstanden, sie mochte Rainer, nicht nur weil er ihr ab und zu mit schweren Dingen im Keller und auch im Garten half.

Diese gegenseitige Zuneigung blieb alle Jahre bestehen, bis Frau Bauer in ihrer Wohnung stürzte und ins Krankenhaus kam. Bei einem Besuch dort erfuhr Rainer, dass sie ins Altersheim verlegt würde. Sie hatte keine Kinder, so fragte Rainer sie, ob er ihr Haus kaufen könnte. Sie wolle mit ihrem Bruder sprechen, doch sie denke, dass er auch einverstanden sein wird, sagte sie. Und genauso geschah es. Rainer kaufte Frau Bauers Haus, das ihr Vater 1924 gebaut hatte, in dem er als Schneidermeister mit seiner Familie wohnte und arbeitete. Nun gehörte es Rainer.

Seine Ideen und Vorschläge, was nun alles zu ändern wäre, waren sehr zahlreich. Zunächst wurde renoviert. Im Erdgeschoss befand sich die Fahrschule mit den Unterrichtsräumen. Der 1. Stock war mit seinen 4 Zimmern, Küche, Bad und WC geeignet, an 4 Studenten zu vermieten. Der 2. Stock wurde Rainers Reich. Der Anbau je eines großen Zimmers in den beiden unteren Stockwerken war bei ihm oben die Dachterrasse. Die Außenränder bestückte er mit großen Sträuchern und Büschen in Kübeln, eine Zeder nahm er sogar aus Lenas Garten mit. Sein Freund Steffen schenkte ihm seine Sauna, die stellte Rainer auch auf die Terrasse zu den zwei Bänken und dem Tisch in der Mitte. Mit dem verschiebbaren Sonnensegel darüber wirkte die Terrasse fast südländisch, urlaubsmäßig. Rainer nutzte sie am Abend und an den Wochenenden, so oft das Wetter es zuließ, die Sauna natürlich jedem Sonntagmorgen. Darum beneidete Lena ihn. Sie hatte im Keller auch eine Sauna, die der Vater mit Rainer damals eingebaut hatte, als er die Nachbarin, eine Finnin, kennenlernte, weshalb er dann später seine Familie verließ. Und schon liefen wieder die Tränen, und Lena sprach laut in den Raum: „Oh, Rainer, du bringst mich in längst vergangene Zeiten, die damals so schwer waren und so weh taten", sagte sie, „doch da war ich noch im Beruf, der mich zwang, das Private am Tag beiseitezuschieben. Nun ist vor vier Jahren dein Vater in Finnland gestorben. Du warst dort, zur Beerdigung. Mit Fabian bist du hingefahren. Dein Vater hat dir nichts vererbt, viel schlimmer noch: nicht einmal ins Haus haben dich und Fabian die beiden Frauen, Mutter und Tochter, hereingelassen! Das wird dich sehr gekränkt haben. Auch erhieltest du kein Andenken, wie beispielsweise ein Paar Manschettenknöpfe, oder eine Krawatte oder seine Armbanduhr. Später erzähltest du mir, habe dich Fabian auf der Heimfahrt gefragt: „War's das jetzt mit Finnland, Papa?"

„Ja, Fabian", hast du geantwortet, „das war's nun mit Finnland."

Denn Du hattest ja mit Fabian deinen Vater in Finnland ein paar Mal besucht, mal per Flug, aber auch mittels Fähren in Deinem Auto. Einmal hat Fabian sogar alleine mit seinem Auto den Landweg über Polen und die baltischen Staaten genommen, und von dort per Überfahrt auf der Ostsee in Finnland seinen Großvater besucht.

Nun bist du, Rainer, nicht mehr bei uns. Wir können dich nichts mehr fragen und wissen, nichts kannst du uns mehr antworten. Wir können dir nichts mehr erzählen und auf deine Reaktion warten. Wir können dich nicht mehr beschenken, dir nie mehr etwas Gutes tun, oh, Du, mein Rainer!

Draußen strahlt bei 4 Grad die Herbstsonne ins Zimmer herein, und ich höre dich sagen: „Auch nicht ein kleines Stück die Markise herauslassen, Mama, die Sonne erwärmt das Haus. Denk an die teuren Energiekosten. Wir müssen uns hier etwas einfallen lassen, am besten Solar aufs Dach. Setz dich rüber, wenn's dich zu sehr blendet. Ich denke, die Nasszelle ganz oben lassen wir erst mal. Die Energie für's Haus ist jetzt wichtiger." Immer konnte ich mich voll und ganz auf deinen Rat, deine Ideen und Vorschläge verlassen. Aber nun? Niemand ist da, der mit mir …

Im Zeitungsständer fand Lena eine vergilbte, dünne Zeitung, drauf stand: ‚Straßenlicht‘, Obdachlosenzeitung, überregionale Ausgabe für deutschsprachige Länder, III-2021. Ja, da erinnerte sich Lena an den nebeligen, feuchten Samstagmittag. Lena war nach Tübingen gefahren, weil Rainer sie zu seinem Optiker bringen wollte, damit für ihre Augen, nach der falschen Augen-OP, nun die beste Sehhilfe ausgewählt werden sollte. Der Weg zu dem Optiker, in der 4. Generation in der Tübinger Innenstadt, führte durch einen Tunnel für Fußgänger. Und dort saß auf einer Holzkiste ein Mann, den Lena erst bemerkte, als Rainer stehen blieb, ihm Geld gab und diese Zeitung aus seiner Hand nahm. Ein paar oberflächliche Floskeln gingen her und hin, dann setzten Rainer und Lena ihren Weg fort.

„Woher kennst du diesen Mann?", fragte Lena.

„Der sitzt hier jeden Samstag, vielleicht auch an anderen Tagen. Ich kenne ihn nicht. Aber wenn er eine neue Ausgabe dieser Zeitung hat, dann winkt er mich heran. Obdachlose sind arme Menschen, die sicher früher ein anderes Leben hatten, da muss man doch einfach helfen." Dann gab er Lena die Zeitung, die sie mit heim nahm. Danke, Rainer. Eine Überschrift, die in roter Schrift Lena entgegen leuchtet, heißt: ‚Einigkeit und Recht und Freiheit‘. Lena weiß den Inhalt nicht mehr, aber sie will jeden Artikel noch einmal lesen, denn diese Zeitung verbindet sie mit Rainer und seiner besonderen Freundlichkeit, fremden Menschen gegenüber.

Rainers Geburtstag.

Lena hatte ihr Vorhaben in die Tat umgesetzt: Zu Rainers Geburtstag hatte sie all seine Calwer Freunde aus alter Zeit, seine alte Clique, zunächst zu sich eingeladen, in Rainers Elternhaus, das sie ja alle kannten, um mit einem Glas Sekt auf Rainers Geburtstag anzustoßen. Außer zwei Freunden, die sich im Ausland aufhielten, kamen alle, die auch zur Beerdigung gekommen waren. Auch Fabian hatte sich zu diesem Abend eingeladen, was Lena besonders freute. Rainers Cousin Oliver aus Köln, der Lena zur Beerdigung abholte und auch wieder heimbrachte, wollte auch kommen, sagte dann aber ab. Einen langen Brief schickte er ihr.

Lena, die ein bisschen Bammel vor diesem Zusammentreffen hatte, fühlte sich nun in diesem für sie jugendlichen Kreis so sehr wohl, dass es gar keine Tränen gab, wie sie befürchtet hatte. Das Geburtstagsgedicht, das sie im Coronajahr für Rainer geschrieben hatte, machte die Runde.

Ein Mensch, wir woll'n ihn Rainer nennen,
liegt langesch und kann nicht pennen.
Fünfundfünfzig – nicht von Pappe!
„Ach", sagt Rainer, „keine Schlappe,
ich denk, das ist noch mehr als gut!"
Und das sagt er mit viel Mut.
„Ich danke dem, der über allen
hält seine Hand. Sein Wohlgefallen
tut er uns kund zu dieser Stund'.
Drum danken wir für seine Gnad,
lasst feiern uns, es wär doch schad.

Und genau das wollten sie jetzt tun.

Nun wurde Lena beschenkt mit Blumen über Blumen, Fotos wurden gemacht, auch alte Schwarz-Weiß-Fotos mit Rainer, rundgereicht, alte Geschichten erzählt. Da bat Lena Christian, Olivers Brief vorzulesen, weil der Inhalt so sehr zu den erzählten Geschichten passte.

Christian begann zu lesen:

Lieber Rainer,

ich sitze hier und schreibe diesen Brief an Dich, obwohl ich weiß, dass Du ihn niemals, auch nicht eine Zeile davon, lesen wirst, niemals mehr wirst Du eine Zeile lesen, denn Du bist nicht mehr bei uns.

Es erscheint mir alles so sinnlos, Dein Tod, dieser Brief – aber dennoch schreibe ich ihn Dir. Warum? Ich schreibe ihn, weil ich hoffe, dass er m i r hilft, etwas von der Leere und dem Schmerz auf meiner Seele wegnehmen kann, den Dein viel zu früher Tod dort hinterlassen hat.

Wir kennen uns, seit ich auf der Welt bin. Wir haben als Kleinkinder in Holland am Strand gespielt und sind zusammen groß geworden. Ich kann mich an unzählige Besuche in den Ferien bei Euch im Schwarzwald erinnern. Wir hatten den ersten Rausch zusammen, haben geraucht und versucht, die Mädels zu beeindrucken – was nicht immer geklappt hat. Später sind wir schwarz Motorrad gefahren, und haben in Köln Karneval gefeiert, als ob er im nächsten Jahr verboten würde.

Dreimal waren wir beide miteinander in Urlaub, und ich kann nicht behaupten, dass wir organisatorisch perfekt gewesen wären. Aber an jeden dieser Urlaube habe ich unvergessliche Erinnerungen.

Du warst der Bruder, den ich leider nie hatte. Du warst da in meiner schwärzesten Stunde, bei der Trauerfeier meines Vaters. Du warst bei mir und hast fast noch mehr geheult als ich. Ja, Du warst da, so wie Du immer da warst. Du warst der hilfsbereiteste, verantwortungsbewusste und zuverlässigste Mensch, den ich kennengelernt habe. Dein Optimismus war grenzenlos, und zurück gingst Du nur, um Anlauf zu nehmen. Dein positives Denken tat manchmal schon weh, aber Du hast es gelebt.

Leider hast Du nie die Partnerin gefunden, die Du Dir so sehr gewünscht hast. Ich hätte mich für Dich gefreut, wenn Du die Geborgenheit in einer eigenen Familie, die Du Dein Leben lang gesucht und mit viel Liebe darauf hingearbeitet hast, auch gefunden hättest.

In den letzten Jahren sind wir zwei diesem menschlichen Irrtum, alles auf die lange Bank zu schieben, zum Opfer gefallen. Wir waren gefangen in Pflichten der Familie, dem Job gegenüber und anderem, und bei unseren Telefongesprächen hieß es immer nur „wir müssten mal …“ Damit ist jetzt Schluss! Es gibt kein „wir müssten mal“ mehr. Wir haben es verpasst! Nie mehr werde ich über Deine blöden Sprüche lachen, ein Bier mit Dir trinken, oder das Grab von Dieter mit Dir in Finnland besuchen – wir haben es verkackt – und alles, was zurückbleibt, ist Leere. Du warst der gutmütigste, ehrlichste und loyalste und großherzigste Mensch, den ich kenne, und Du wirst mir fehlen bis zu dem Tag, an dem der Deckel über mir zufällt.

See you somewhere else, brother of another mother.

Großes Schweigen. Dann sagte Lena: „Das schrieb Oliver, Rainers Cousin.“

„Der aus Köln?“, fragte Edith, Rainers erste Tanzpartnerin vor mehr als 30 Jahren.

„Ja, der Sohn meiner Schwester“, sagte Lena.

„Und warum ist er heute nicht gekommen?“, fragte Christian, der damals die Tanzschule übernommen hatte.

„Er sei noch nicht so weit in seiner Trauer, sagte er am Telefon. Auch die Kiste mit den Fotos im Keller könne er noch nicht anschauen. Diesen Brief habe er Rainer ins Grab gelegt, sagte er mir", erklärte Lena. Ringsum gab es Gemurmel. Dann sagte Edith: „Ich weiß, die beiden hatten sich immer gut verstanden, auch auf die Entfernung: Stammheim – Köln."

„Stimmt", sagte Lena und wandte sich wieder an ihr Gegenüber: „Bitte, Christian, du machst das so gut, würdest du auch diesen Brief von Steffen vorlesen, Rainers Freund aus den ersten Tagen in Tübingen, mit dem er alle Jahre verbunden blieb. Er ist an mich gerichtet, leider von Hand geschrieben, und ich tu mich sehr schwer, ihn zu entziffern." Natürlich nahm Christian die 3 Blätter in die Hand und begann zu lesen:

Liebe Frau …

mit Entsetzen und tiefer Trauer habe ich von Rainers furchtbarem Unfall erfahren. Nach Rücksprache mit Regine war es mir möglich, an Rainers Trauerfeier in Urbach teilzunehmen, wofür ich sehr dankbar bin. Es war mir sehr wichtig, mich von Rainer verabschieden zu können. Auf die Schleife des Kranzes haben Thorsten (ebenfalls ein Freund Rainers aus frühen Tübinger Tagen) und ich den Aufdruck „In Freundschaft Steffen mit Familie und Thorsten mit Familie" aufdrucken lassen, denn das war Rainer für uns: ein wahrer Freund!

Ich war einer seiner ersten Fahrschüler, kurz nachdem Rainer seine Fahrlehrerprüfung abgelegt hatte. Damals war Rainer 23 Jahre alt, und ich war 19. Auch nachdem ich meinen Führerschein erhalten hatte, haben wir uns regelmäßig getroffen, zum Reden, zum Feiern, und auch manchmal – eher selten – haben wir gestritten, aber uns hinterher immer wieder vertragen.

Als ich nun meinen Motorradführerschein mit Rainer gemacht hatte, waren wir zusammen häufig per Motorrad unterwegs. Sogar einen Spanienurlaub per Motorrad und einen auf den Kanarischen Inseln haben wir zusammen verbracht.

Während meines Studiums in Konstanz hat Rainer mich dort besucht, und später mir bei meinem Umzug von Stuttgart nach Zwickau kräftig geholfen. Für die neue Wohnung dort brachte er mir von seiner verstorbenen Tante Hilda aus Iserlohn deren Kücheneinrichtung mit seinem VW-Bus.

Rainer war der hilfsbereiteste und großzügigste Mensch, den ich kenne. Ich habe in der Zeit meines Zivildienstes und Studiums, aber auch während der Referendarszeit und später im Beruf nie den Kontakt zu Rainer verloren. Er war mit Fabian auf meiner Hochzeit am Tegernsee, er hat mich in München besucht – kein Weg war ihm zu weit.

In den letzten Jahren haben wir uns aus beruflichen und familiären Gründen nicht mehr so häufig gesehen. Der Kontakt ist aber nie abgerissen. An unseren Geburtstagen haben wir natürlich telefoniert und uns über die jeweiligen Lebenssituationen auf dem Laufenden gehalten. Wenn wir miteinander gesprochen haben, dann war es stets so, als hätten wir uns erst gestern gesehen. Ich hatte nie das Gefühl, dass längere Pausen zwischen unseren Treffen und Telefonaten unserer Freundschaft geschadet hätten.

Ich werde Rainer als ehrlichen, freundlichen und hilfsbereiten Menschen in Erinnerung behalten. Es ist unglaublich traurig, dass seine Zeit viel zu früh enden musste. Ich hätte sehr gerne noch viele gute Gespräche mit ihm geführt und das eine oder andere Bier mit ihm getrunken. Vergessen werde ich ihn nie.

Ihnen, der Mutter eines so teuren Sohnes, wünsche ich von Herzen viel Kraft für die nächste Zeit. Vielen Dank für Ihre Einladung zu Rainers Geburtstag am 20.10. – leider werde ich das nicht schaffen, da meine Frau an diesem Tag beruflich auf der Frankfurter Buchmesse ist und ich mich um unsere Kinder kümmern werde. Ich verspreche Ihnen jedoch, dass ich an Rainers Geburtstag in Gedanken bei Ihnen sein werde und mein Glas auf meinen Freund Rainer erheben werde.

„Das schönste Denkmal, das ein Mensch bekommen kann, steht in den Herzen seiner Mitmenschen." (Albert Schweitzer)

Mit den besten Grüßen, Steffen

Wieder verlegenes Schweigen, Lena schaute hoch, dann auf die Uhr und sagte: „20 Uhr, ab jetzt ist für uns im Adler reserviert. Wir sollten loslaufen."

„Damals“, erwähnte Ralf, der Journalist, „gründete Rainer mit mir und noch zwei weiteren Freunden, die ‚Calwer Gewerbeagentur‘. Das BMW-Autohaus war unser erster Kunde!“ Ja, Lena erinnerte sich. Eine große Anzahl Luftballons wurden zu dem Zweck besorgt.

Der allgemeine Aufbruch spülte alle 12 Gäste nach draußen, Thomas, der Fotograf, lud Lena ein, mit ihm die kurze Strecke zum Adler zu fahren, womit sie sehr einverstanden war, denn in der Dunkelheit hat sie noch größere Probleme, überhaupt etwas zu erkennen, nach dieser verpatzten Augen-OP in Tübingen.

Im Gasthaus ging es turbulent zu, da gab es während der Mahlzeit viel zu erzählen, denn die Clique hatte sich auch untereinander jahrelang nicht gesehen. Thomas, inzwischen natürlich ein gestandener Ehemann und Vater, wie die meisten von ihnen, machte viele Fotos und überreichte Lena später, bei der Verabschiedung, einen Fotoband mit den soeben und vorhin zu Hause geknipsten Bildern.

Lena war total überrascht. „Wie kann das …?“, wollte sie wissen, „eine solche Riesenüberraschung!“

„Er hat den Drucker gleich mitgebracht“, sagte Edith. Das war sogar ihre Idee, erfuhr Lena später. So hatte Lena nun ein wunderschönes Andenken an diesen angenehmen Abend.

Wieder zu Hause – es war immer noch der 20. Oktober, Rainers Geburtstag – setzte Lena sich an den Computer, um alle Briefe, die sie je an Rainer geschrieben hatte, zu lesen. Sie fand eine ganze

Menge, doch einer gefiel ihr besonders gut. Sie vergrößerte die Buchstaben und druckte ihn aus. Ganz in Ruhe lehnte sie sich zurück auf ihrem Drehstuhl und begann zu lesen.

Mein allerliebster Rainer,

das hier fand ich neulich aus alter Zeit –:

Es wäre doch wunderbar, wenn wir beide das an Deinem Geburtstag, der ja in diesem Jahr auf einen Donnerstag fällt – in abgewandelter Form natürlich – irgendwann tatsächlich unternehmen könnten! Aber … ja, ich weiß, …

Nächste Woche am Donnerstag
da schenk ich Dir, was Dich freut.
Ich schenke Dir meinen freien Tag,
da hab ich von morgens bis abends Zeit.
Nimm mich, solange Du willst, in Beschlag,
nutze die Gelegenheit!
Wir könnten zusammen vielleicht nach Den Haag
Oder sonst wohin fahren, ganz weit.
Die Quartalsabrechnung und der Nettobetrag
die kümmern mich dann keinen Deut.
Zweitausend Gulden auf einen Schlag,
oder ein neues Kleid
sind nicht so viel wert, wie mein Donnerstag.
Bei aller Bescheidenheit.

Dir, mein lieber Rainer, mein Besorger, mein Reparierer, mein Zuhörer, mein Besteller und Bucher am PC, mein Letztgeborener, mein lieber Rainer sage ich:

Alles, alles Gute zu Deinem Geburtstag, mein lieber Schatz!!

An erster Stelle wünsch ich Dir g a a n z viel Gesundheit, noch nicht mal ein Husten oder Schnupfen soll Dich lahmlegen, aber viel Freude wünsch ich Dir im neuen Lebensjahr, mit Fabian und Co., mit netten Kollegen und fleißigen Kursteilnehmern, mit zuverlässigen Mietern, außerdem einen richtig erholsamen Urlaub, aus dem Du wirklich erholt heimkommst – und eine Mutter, die nicht nervt!

Vielleicht trauen wir uns doch mal ins ‚Krabbenescht‘, oder ich kaufe in Liebelsberg ein Geflügel zu einem Nachmittags- oder Abendessen, wenn Ihr beide, Du und Fabian, tatsächlich einmal Zeit habt, für den Einbau der beiden Becken in der Küche.

Die baldige Einladung zum ‚Krabbenescht‘ bleibt natürlich bestehen.

Sollte Dir noch etwas Tolles einfallen, das als Geburtstagsgeschenk dienen kann, so sagst Du mir das bitte.

Sei behütet und gesegnet von oben, mein Schatz, ich hab Dich sehr lieb, Dich, Du mein Alleskönner.

In Liebe, Deine Mutter   20.10.2022

„Heut ist Sonntag, Rainer, da kann ich mit Dir reden“, sagte Lena laut in das so wunderschön renovierte Dachzimmer, das von Anfang an das Gästezimmer war, abgetrennt durch eine helle Jalousiewand vom Büro, mit Aktenschränken, einem Schreibtisch und allem, was dazugehört. Jetzt hat das große Dachzimmer genau die gleiche Funktion, wie früher. Aus Glas ist der Schreibtisch nun, den Rainer herbrachte, Danke, Rainer, als er vor ein paar Jahren seine Fahrschule auflöste und nur noch Geschäftsführer der VPA wurde. Nun hat Lena eine Menge um- und eingeräumt und sitzt sehr gerne hier oben, wie früher, als sie noch berufstätig war, und nach ihrem täglichen Außendienst am Abend die erfolgreichen Abschlüsse zu Papier bringen musste. Und genauso wie damals sieht dieser große Raum nun wieder aus, mit einem recht hübschen, neuen dunkelblauen Teppichboden, wozu die frisch gestrichenen weißen Wände und die Dach-Holzverkleidung sehr gut passen.

Lena nahm sich viel Zeit beim Durchschauen aller Unterlagen. Sie fand Merian-Hefte von Köln, gleich drei. Drin lagen Fotos, ein paar Gedichte, der Hochzeitsbrief als Entwurf an Yvonne, die Tochter ihrer Freundin Ruth, ein Geburtstagsentschuldigungsbrief an Bea und eine Postkarte in Form eines Hauses, natürlich von Rainer, von einem Besuch mit Fabian in Finnland, bei seinem Vater. Lena versuchte, den Text zu entziffern, was ihr leider, bis auf die Unterschriften der beiden, nicht gelang.

„Ich muss es unbedingt putzen", sagte Lena laut und schaute zum hellen Dachfenster, das Rainer vor 5 Jahren vom Zimmermann hatte erneuern lassen. Danke, Rainer. Nun gibt es ein ganz neues, größeres Dachfenster, das tiefer nach unten verläuft.

Mit seinem Elternhaus hatte Rainer viel vor. Auf dem Treppenabsatz vor der Dachzimmertür sollte ein WC und Waschbecken installiert werden, eingefasst in Fertigbetonwände, mit einer Tür ins Zimmer, natürlich auch mit einem kleinen Fenster. Doch der Zimmermann kam nicht mehr. Also liegt nun der neue Teppichboden auch hier, auf dem Treppenabsatz.

Doch Rainer schaffte es noch, mit Fabian neue, helle und mit Bedacht ausgesuchte Balkonbretter an seinem Elternhaus anzubringen, denn die alten waren nun wirklich verwittert und sahen unansehnlich aus. Jetzt werden die neuen alle 2 Jahre abgeschliffen und wieder neu gestrichen, wobei Fabian Lena auch hilft. Danke, Rainer, für alle deine guten Taten, hier bei mir und für mich.

Bei einem von Rainers letzten Besuchen im April sagte er: „Viel wichtiger ist jetzt, in diesen teuren Zeiten, dass wir Solar aufs Dach legen, eine zweite Möglichkeit, Energie zu erzeugen und Wärme zu tanken, außer deiner Gasheizung. Das heißt dann sparen!"

Dann, später, als Lena begreifen musste, dass nun alles anders werden würde, entschloss sie sich, mit handwerklicher Hilfe zu dieser Renovierung. So gibt es eben kein Gäste-WC oben, kein Solar auf dem Dach und auch keine Ersparnis.

Ja, der Mensch denkt, aber Gott lenkt.

Manchmal, an dunklen Tagen, nimmt Lena das geschenkte Fotoalbum der Freunde zur Hand und blättert darin, so wie sie auch das ,Erinnerungsbuch', das sie vom Beerdigungsinstitut erhielt, nun zuweilen anschaut. Auch das hat viele Fotos, manche, die Rainer zeigen, doch die meisten sind Fotos von den vielen Menschen am Tag Rainers Beerdigung auf dem Friedhof, die Lena alle nicht erkennt. Dann sitzt sie wieder da, mit dem Buch im Schoß, und sieht diesen Hang des Friedhofs mit der großen Menschenmenge wieder vor sich, bergan zum Grab, gestützt von Oliver. Wie gut, dass Lenas Hausärztin ihr am Morgen ein Medikament für die Psyche verabreicht hatte.

Oh Rainer, du sprachst nie über Deine Befindlichkeit, wolltest aber auch von anderen nichts über Krankheiten hören. Doch der Schmerz einer Mutter ist immer da, jeden Tag, er wird wohl nie vergehen.

In den ersten Wochen konnte Lena die vielen Beileidskarte, die gut gemeinten Worte und Verse, und auch das Erinnerungsbuch, das wunderschön gemacht ist, nicht ansehen, oder gar darin lesen. Die Tränen hätten die Schrift verdorben. Doch mittlerweile empfindet Lena es, wie eine gute Erinnerung an Rainer, die Bilder, die ihn zeigen, auch die Schwarz-Weiß-Aufnahmen, die seine Freunde am Geburtstagsabend mitbrachten, alle kann sie nun ganz in Ruhe anschauen. Zu manchen kennt sie den Ort oder die Zeit, die Situation oder den Anlass.

Man braucht nur einen Menschen,
den aber, braucht man sehr.

Damals. Zunächst bestellte Rainer für Lena ein neues Mobilfunktelefon, nachdem er den Brief der Telekom gelesen hatte, der besagte, dass Lena mit ihrem damaligen Handy ab dem nächsten Monat nicht mehr telefonieren könnte. Am nächsten Sonntag sollte die Unterrichtsstunde sein. Doch Rainers spätere Idee, Lena auch ein Tablett zu bestellen, stieß bei ihr auf große Zustimmung, allein der Schriftgröße wegen. Ihr Augenlicht war nach der OP verdorben und würde sich auch nie mehr bessern, das wusste sie.

Nun erhielt sie ein Tablett von Samsung. Rainer richtete es ihr ein, und sie konnte loslegen! Da Lena leider keine Technikkünstlerin ist, war das Einarbeiten eine harte Arbeit. Außer Lenas Adressenlist, die Rainer eingab, beließ er seine Adressen auch in Lenas Liste. Als nun dieser schrecklichste Tag in Lenas Leben geschah, konnte sie aus Rainers Liste die ihr geläufigen Namen seiner Freunde und Bekannten über Rainers entsetzlichen Tod informieren. So fand sie Steffen. Rainer hatte oft von ihm erzählt. „Er ist ein echter Freund", sagte er dann. Jetzt erinnerte sich Lena an die Zeit, als sie Tante Hilda in Iserlohn bis zu ihrem Tod begleitete, die Wohnung auflösen und besenrein übergeben musste. Aber wohin mit dem Inhalt aus vier Zimmern, Küche Diele, Bad? So war Lena froh, als Rainer die Idee hatte, mit dem VW-Bus manche Stücke, wie die Waschmaschine und die Kücheneinrichtung zu Steffen nach Zwickau in die neue Wohnung zu bringen, wo er seine erste Kanzlei eingerichtet hatte.

Obwohl Lena sich nicht erinnern konnte, Steffen begegnet zu sein, schrieb er ihr über das Tablett, dass er sehr wohl mit Rainer bei ihr vor ca. 30 Jahren aufgekreuzt war, beide völlig durchnässt auf einer Motorradausfahrt nach Baden-Baden.

„Dann", so schrieb er, „haben Sie mich trockengelegt. Später konnten wir noch grillen, und es wurde ein feucht-fröhlicher Abend."

„Da das im Sommer häufig vorkam, weil Rainer alle seine Freunde sehr oft mit heimbrachte, bin ich für mein lückenhaftes Gedächtnis hoffentlich in Ihren Augen entschuldigt", schrieb Lena ihm zurück.

Jahre danach konnte Steffen seine Sauna nicht mehr unterbringen. Die holte Rainer nach Tübingen und baute sie auf seiner Dachterrasse auf, wo er dann jeden Sonntagmorgen seine 3 oder 4 Saunadurchgänge gemacht hatte.

„Das ist gut gegen Erkältung, gut für die Haut, im Ganzen gut für den Organismus des gesamten Körpers, hat Steffen gesagt", war damals Rainers ausführliche Erklärung.

„Du vergisst, Rainer, dass Dein Vater vor Jahren mit dir hier im Keller auch eine Sauna eingebaut hat, nach dem Rat der finnischen Nachbarin, mit der euer Vater kurze Zeit später …"

„Ach, Mama, nicht die alten Geschichten, bitte."

„Sie steht ja nun leer, unsere Sauna, niemand geht hinein, ich auch nicht", war Lenas Antwort. Sogar zwei Aufenthaltsräume bauten Vater und Sohn, alles holzvertäfelt, auch die Waschküche, sie wurde mit zwei Duschen ausgestattet. Niemand benutzt dies alles.

Und auch Rainers Sauna steht nun seit mehr als einem Jahr leer.

Die Weihnachtszeit rückt immer näher. Lena hat gebacken, nur 3 Sorten Weihnachtsplätzchen, und sucht nun nach geeigneten Dosen zum Aufbewahren. Da findet sie die rot-weiß bemalte Dose mit der von Eiszapfen verlaufenen Schrift ‚Kölner Spekulatius‘, und sofort erinnerte sie sich an den Sonntag im November, als Rainer ihr diese Dose überreichte.

„Als ich in der vergangenen Woche zur Sitzung vom Verband in Köln war, hab ich die in einem Laden gegenüber vom Funkhaus gekauft. Für dich, weil ich doch weiß, wie sehr du an Köln hängst und dich auf alles freust, was daher kommt.“

„Du warst in Köln? Das hattest du mir ja gar nicht erzählt, dass du hinfährst! In welchem Hotel warst du denn? Hast du Oliver gesehen? Wen hast du denn alles getroffen?“

„Ach, Mama, das war doch alles dienstlich und hektisch, und auch noch auf der rechten Rheinseite, gleich bei der Messe, stressig war’s. Am Tag der Heimreise bin ich mal schnell mit den anderen per Bahn rüber gefahren und hab das da für dich gekauft. Hoffentlich schmecken sie wenigstens.“ Danke, Rainer.

Ach du, mein Rainer, an mich hast du gedacht. Süßes ist ja nicht deins. Seither hütet Lena diese kleine Dose und benutzt sie jedes Jahr in der Weihnachtszeit.

Jetzt, in dieser Zeit versucht Lena, die vielen Hinweise auf das Fest, das ja das allerschönste im ganzen Jahr ist, mit all seinen bunten, manchmal auch nützlichen Angeboten in den Läden zu ignorieren, die Radiosendungen und Fernsehbeiträge mit weihnachtlichem Inhalt abzuschalten. Traurig sein zu Weihnachten verträgt sich einfach nicht mit dem Fest. Die Tränen saßen bei Lena immer noch sehr locker, der Verbrauch der Papiertaschentücher stieg wieder an. Sie nahm sich aus dem Schrank einen Becher, um sich eine große Tasse Kaffee zu kochen. Da standen die beiden Becher, die Rainer ihr damals mitbrachte.

In der Reha-Sportgruppe redeten alle nur vom Schokoladenmarkt in Tübingen. Da bat Lena am Sonntag Rainer, sie dorthin einmal zu begleiten, denn sie war noch nie da. So schlenderten nun am nächsten Sonntag Rainer mit seiner Mama in der Tübinger Innenstadt über Kopfsteinpflasterstraßen, mal bergan, mal bergab, zu dem ersehnten Schokoladenmarkt. Rainers Geschmacksrichtung war es ja nicht, aber seiner Mutter zuliebe … Es gab viele Stände, und jede Menge Menschen waren unterwegs. Gleich am ersten Stand kaufte Rainer zwei Becher heiße Schokolade. Es waren Porzellanbecher, weiß, braun bemalt, Lena wärmte sich sofort ihre Hände daran. Man konnte sie zurückgeben und erhielt sein Geld retour. Dass Rainer sie behielt, bemerkte Lena nicht. Und an Weihnachten überreichte er sie ihr. Danke Rainer.

In der Mappe suchte Lena nach einem schönen Weihnachtsgedicht für den Brief an die Klassenkameradinnen. Dabei fand sie erstaunt ein DIN A4-Blatt, ‚Entwurf‘, stand da:

Mein lieber Rainer,   Weihnachten 2019

Fröhliche und gesegnete Weihnachten

wünsche ich Dir ganz besonders. Du hast mir so schnell geholfen, nach dem Unfall auf Glatteis mit dem Polo-Totalschaden, hast in Blitzeseile reagiert und gehandelt, bist so oft in den letzten Tagen von Tübingen hierher gefahren – das war alles Deine Zeit, wovon Du doch so wenig hast, Zeit für Dich selbst.

So sag ich Dir tausendfach Dank für Deine große und schnelle Hilfe, dass Du mir auch sofort wieder zu einem umweltfreundlichen, kleinen E-Auto verholfen hast. VW sind wir treu geblieben, UP heißt er nun. Den Polo hast Du zu Fabian gebracht, der ihn in Opa Ulis Werkstatt ausschlachten und manches davon für seine Freunde verwenden kann. Das freut mich.

Nun, für Deinen nächsten Reifenwechsel, und überhaupt für alle schmutzigen Autoarbeiten ist dieser Obolus zum Kauf von einem Paar Arbeitshandschuhen gedacht. Du bist einfach ein Schatz, mein Schatz. Ich weiß, der Zufall geht Wege, da kommt die Absicht niemals hin.

Doch Du bist kein Kind des Zufalls, keine Laune
der Natur,
auch wenn Du Dein Lebenslied in Moll singst,
oder Dur.
Du bist ein Gedanke Gottes, ein genialer noch
dazu,
denn Du bist Du, das ist der Clou, ja Du bist
Du, für immer Du.

Eben las ich im Kalenderblatt: „Das Leben ist ein
Geschenk – pack es aus!" Ich freue mich, Rainer,
wenn's Dir gut geht und ich will Dir, solange ich
kann, immer zur Seite stehen.

Mit viel Liebe und 1000 Küssen, Deine Mutter

Lena legt das Blatt beiseite und holt neue Taschen-
tücher. 2019, denkt sie, da war die Welt noch in
Ordnung, für Lena und auch für Rainer. Noch im
September gab es die Städtereise nach Trier. Und
niemand ahnte etwas von Corona, das uns jahrelang
im Griff haben würde, mit Maske tragen, zu Hause
bleiben, sich in Abständen impfen lassen, nicht ver-
reisen, kein Klassentreffen in Köln!

Doch nun galt es, einen Brief zu schreiben, obwohl Lena sich überhaupt nicht in der Verfassung
dafür fühlte.

Doch den Weihnachtsbrief muss sie schreiben,
wie jedes Jahr, an all ihre Klassenkameradinnen, ein-
undzwanzig sind es noch.

Weihnachten 2023

Liebe Elke,

nun ist das Jahr 2023 bald Geschichte – und mein Weihnachtsbrief ist fällig. Er wird diesmal trauriger ausfallen als alle anderen zuvor.

Denn ich bin traurig, mehr als das. Nicht nur, weil meine beiden Augen in der Uniklinik Tübingen falsch operiert wurden und ich nun große Mühe habe, zu sehen, ganz besonders beim Schreiben und Lesen, erst recht bei allen Arbeiten, die man aus der Nähe tut. Autofahren ist sehr schwer und sogar verboten. Aber vor allem, weil etwas für mich immer noch Unfassbares und Schreckliches passiert ist, was ich keiner Mutter auf dieser Welt wünsche:

Am 10. Juli wurde mein Sohn Rainer, als Geschäftsführer der VPA, der Verkehrspädagogischen Akademie und Leiter eines Sicherheitskurses für Motorradfahrer auf dem Verkehrsübungsplatz in Kirchheim/Teck von einem 53-jährigen Motorradfahrer frontal erfasst und auf der Stelle totgefahren!

Seither hadere ich mit unserem Herrgott. Den ersten Bub ließ die Hebamme nach 37 Minuten sterben, und der Drittgeborene, Rainer, durfte nur 55 Jahre alt werden! Warum? Das ist nicht richtig! Ich bin doch dran, die Alten müssen zuerst gehen!

Und dieses WARUM verfolgt mich jeden Tag, jede Stunde, vor allem in der Nacht. Man sagt, es gibt nichts Schlimmeres für eine Mutter, wenn sie ins Grab ihres Kindes schauen muss. Ja, so ist es.

Rainer kam oft auf einen Kurzbesuch am Sonntag – wenn er nicht gerade einen Kurs in Österreich oder in der Schweiz übers Wochenende abhielt. Er schaute hier, bei mir, nach der Heizung, dem Sonnenrollo im Dachfenster, den Winter- oder Sommerreifen, dem PC und den Dingen, die ich nicht mehr sehen oder machen kann.

Nun bin ich allein. Keine Familie in der Nähe. Thomas, mein Zweitgeborener, lebt sein Leben mit seinen Söhnen in Singapur.

Und dieses Alleinsein, vor allem an Sonntagen, wie heut, – und dazu ist auch noch Totensonntag – tut so verdammt weh, zu wissen: nie mehr, nie mehr wird er in der Tür stehen und …

Sogar das Wetter trägt heut zu meiner Weltuntergangsstimmung bei: nur minus 1 Grad, Schneeregen, nasskalt, trüb, dämmrig im Zimmer, eben Totensonntag.

Nächste Woche ist 1. Advent, dann kommt die Weihnachtszeit, die schönste Zeit im Jahr – für Dich, so hoffe ich doch! Obwohl jede von uns seinen kleinen oder großen Kummer hat, fühlst du dich doch in Gottes Hand.

Ach ja, natürlich darf ein Gedicht nicht fehlen:

Kinderfragen

Können Blumen schlafen? Ist der Mond ein
Mann?
Bindet man im Hafen auch das Wasser an?
Fallen Sterne runter? Wem gehört der Wind?
Gehen Wellen unter? Bist du auch ein Kind?
Kann man Liebe malen? Gibt es bunten Schnee?
Wie erzählt man Zahlen? Warum tun Schmer-
zen weh?
Krieg ich auch mal Sorgen? Guckt der liebe
Gott?
Ist es weit bis morgen? Krieg ich jetzt Kompott?
Weißt du kein Gedicht mehr? Werde ich bald
groß?
Brauch ich dich dann nicht mehr? Warum weinst
du bloß?

Ja, so war's, Fragen über Fragen. Auch Du erinnerst
Dich. Groß sind sie geworden und haben nun selbst
große Kinder. „Der Lauf der Welt", sagt man lapidar.
Doch wenn man darüber nachdenkt …

So wünsche ich Dir schöne und gemütliche Tage
mit Deiner Familie – so Du hast, und Freude an
Deinen Enkeln oder sogar Urenkelkindern.

Frohe und gesegnete Weihnachten, denn „Euch
ist heute der Heiland geboren".

Mit lieben und herzlichen Grüßen, Deine …

So, nun ausdrucken, unterschreiben, Weihnachtssti-
cker aufkleben, falten, kuvertieren, adressieren und

ab zur Post. Lena ist beschäftigt. Sobald sie etwas tut, was ihre ganze Konzentration erfordert, muss sie nicht denken, nicht immerzu an Rainer denken.

Die Plissee-Sonnenschutzrollos am Esszimmerfenster, vor dem sie gerade steht, hat Rainer ihr bestellt und mit Fabian angebracht, damit die Blumentöpfe vor der starken Nachmittagssonne geschützt sind. Danke, Rainer. Das war im Sommer des vorletzten Jahres. Und schon wieder kreisen ihre Gedanken um Rainer. Immer und immer wieder erschüttern diese Gedanken ihr Herz. Es hört nicht auf, und die Tränen laufen.

Man braucht nur einen Menschen,
den aber, braucht man sehr.

Auch den Weihnachtsschmuck für Balkon und Garten, natürlich die Lichterketten für alle Fenster und sogar den Tannenbaum holt Lena nicht aus dem Keller. Sie mag nicht, sie kann das nicht ertragen. In ihr ist es finster, immer noch. Ein heller Lichterbaum tut ihr weh bei dem Gedanken an Rainer. Und sie denkt in diesen Tagen immerzu an ihn.

Damals. Lena fand einen Prospekt eines Reisebüros im Briefkasten: ,Städtereisen'. Interessiert schaute sie sich das Blatt genauer an, denn es erinnerte sie an Inge, die vor Jahren mit Ihrem Sohn in seinen Semesterferien Städtereisen, meist im Ausland, unternommen hatte. Nur wenige Reiseziele waren hier aufgeführt: Petersburg, Lissabon, Madrid, Rom und Athen. Wie wäre es denn, wenn sie Rainer dafür begeistern könnte? Auf keinen Fall wollte sie ins Ausland, so viel Zeit nahm er sich für den Urlaub im Jahr nie. Lena fragte manchmal: „Warum nur eine Woche, Rainer? Du hast doch sicher viel mehr Urlaubstage, oder?", dann sagte er stets: „Es ist eben so viel zu tun in der VPA. Das kann ich doch nicht einfach liegen lassen."

„Wenn ich nicht irre, so gibt es noch einen zweiten Geschäftsführer!"

„Ach, weißt du, Mama, der Rolf kann das nicht, der will sich da nicht so reinknien, die Geduld hat er nicht. Manches muss aber schnell erledigt werden."

Lena wusste, dass Rainer sich auch manchmal übers Wochenende Büroarbeiten mit heim nahm. Er sah sich auch darin in der Pflicht. So musste Lena an manchem Sonntag deshalb auf ihn verzichten. Sie wusste, dass er zuweilen die Kurse einteilte, nach den Dozenten schaute, Praxisunterricht gab, in manchem Fach mal einspringen musste, oder auch neulich, beim Umzug in ein anderes Gebäude, viele Dinge in der Organisation erledigte. Er war sehr wohl die Seele dieses Unternehmens, das weiß sie nun.

Doch sie wollte – trotz seines ständigen Zeitmangels versuchen, ihn zu fragen, ob er mit ihr an einer Städtereise interessiert wäre, natürlich nur in Deutschland, ins Ausland wäre viel zu zeitaufwendig für ihn, das wusste sie ja. Vielleicht könnten sie in der

Nähe etwas aussuchen, mit nur einer Übernachtung? Als Rainer am Sonntag kam, fragte sie ihn gleich.

„Wohin genau willst du denn?", fragte er zunächst.

„Ach", sagte Lena, „nicht weit, vielleicht nach Trier." Er tippte gleich in sein Handy und sagte: „Das sind knappe 300 Kilometer, in 2½ bis 3 Stunden könnten wir dort sein. Doch den Zeitpunkt muss ich ganz in Ruhe aussuchen, und dann nehmen wir auch Fabian mit." Selbstverständlich war Lena damit sehr einverstanden. Sie freute sich so sehr, über Rainers Zusage.

Es wurde Ende September, ein noch angenehm warmer Tag, als Rainer und Fabian Oma Lena zum späten Vormittag abholten. Es gab keine Besonderheiten auf der Fahrt, die erste Hälfte fuhr Fabian, sehr ruhig und besonnen, wie sein Vater. Dann setzte sich Rainer hinters Steuer, mit ihm fühlte sich Lena immer besonders gut aufgehoben, gar nichts konnte ihn ablenken.

Das gebuchte Hotel war schnell gefunden, das Gepäck wurde ausgeladen und dann ging's ab ins Zentrum der Stadt. Sie erwischten noch einen gut besetzten Bus zur Stadtführung, im alten Stadtkern, vor der bekannten, und noch sehr gut erhaltenen Porta Nigra, das im Jahr 170 n. Chr. erbauten Stadttors. In natura sieht das Stadttor so schwarz aus, als ob in den vergangenen 1850 Jahren täglich viele Dampflokomotiven in einem großen Bahnhof nebenan mit ihrem Ruß dieses alte Stadttor so geschwärzt hätten. Der Bus fuhr bergan, zwischen Weinhängen und Obstgärten, sodass Trier, wunderschön anzusehen, unter ihnen lag. Natürlich erzählte der Fremdenführer, die alte Geschichte, dass Trier an der Mosel, die erste von den Römern ernannte Stadt sei, im Jahr 35 n. Chr., leider erst später urkundlich erwähnt. Aber mit Köln wäre man ständig im Wettbewerb, das ja im Jahr 50 n. Chr. von den Römern als Stadt gegründet wurde unter der Kaiserin Agrippina. Na klar, so hatte es Lena, als Kölnerin, vor mehr als 80 Jahren in der Schule gelernt. Doch jeder, der sich die Geografie und den Eroberungszug der Römer in der damaligen Zeit anschaut, weiß, dass die Römer zuerst an der Mosel waren, bevor sie weiter nördlich nach Köln am Rhein weiterzogen, so erklärte sie das Fabian.

Das Abendessen konnten sie unter freiem Himmel einnehmen auf einem großen, belebten Platz, an diesem warmen Herbstabend.

„Fabian wünscht sich italienische Küche", sagte Rainer. Es gab sogar Auswahl an italienischen Restaurants. Hier war wohl für die Trierer die italienische Gastronomie sehr beliebt. Rainer, besorgt wie immer, suchte für Lena einen Platz mit ‚Rückensonne', damit sie nicht ins helle Licht blinzeln musste. Damals war sie noch nicht augenoperiert, aber in die schon etwas tief stehende Sonne zu schauen, fiel ihr schwer. Später wurden an der Porta Nigra noch Fotos gemacht – die stecken sicher noch alle in Rainers Handy, dachte Lena jetzt, wo mag das wohl sein?

„In diesem Innenhof der Porta Nigra gibt es heut Abend ein Konzert“, sagte Fabian, „kann ich da hingehen?“

„Ja“, sagte Rainer, „ich werde Dich begleiten.“ Das ist genau richtig, dachte Lena, zu zweit ist besser.

So begleiteten die beiden Lena ins Hotel, und verabredeten sich auf nächsten Morgen, 9 Uhr, zum ausgedehnten Frühstück im 1. Stock, denn anschließend fuhren sie wieder heim.

Beim Frühstück diskutierten die beiden über das Konzert.

„Was war das denn für ein Konzert?“, fragte Lena.

„Ein sehr fetziges“, sagte Fabian.

„Also hat es dir gefallen?“, war Lenas Frage.

„Es war wirklich gut“, sagte Rainer, „Fabian war ganz begeistert. Eine tolle Gruppe war das.“

„Wärt ihr beiden dafür, dass wir so eine Städtereise wiederholen, im nächsten Jahr?“, fragte Lena.

„Ich wär dafür!“, sagte Fabian, „Aber wohin soll es dann gehen?“ Da sagte Lena: „Zunächst: Danke, Rainer, für diesmal. Dann wünsch ich mir Ulm!“

„Klasse“, sagte Rainer, „da brauchen wir nicht übernachten. Wir fahren heim und am nächsten Morgen wieder hin! Ja, das machen wir, im nächsten Jahr, 2020 geht unser Städtetrip nach Ulm.“

Doch ab Februar 2020 wurde die ganze Welt heimgesucht von einem Virus, namens CORONA – und alle vernünftigen Menschen blieben zu Hause, auch 2021 und 2022, Corona hatte alle im Griff.

Die Zukunftsfreude auf mehr Städtereisen wurde dann jäh im Juli 2023 für immer begraben.

Nun ist seit dem Sommer 2023 Lena schon lange Zeit allein, ohne Rainer, der ihr immer eine große Hilfe war, wenn er ‚auf einen Sprung‘, wie er sagte, vorbeikam. Etwas war immer zu tun, mal im Haus, im Garten, in der Waschküche, in der Technik, am Computer und am Auto. Er konnte für sie s e h e n, was ihr nur noch lückenhaft gelingt, nach ihrer in Tübingen vertauschten Augen-Operation. Rainer staubsaugte nicht nur die Spinnweben an der Decke, sondern wechselte den Filter in der Dunstabzugshaube über dem Elektroherd, vergrößerte ihr gerne die kleinen Buchstaben im PC, und las ihr die Gebrauchsanweisungen vor, die Lena, selbst mit allen Lupen, die sie besitzt, nicht entziffern kann.

Oh Rainer, wie weh das tut! Es hört nicht auf. Es wird nie aufhören. Du bist fort und ich bin allein, alt und allein.

Man braucht nur eine Insel,
allein, im weiten Meer.
Man braucht nur einen Menschen,
den aber, braucht man sehr.

Muttertag, im letzten Jahr, weißt du noch? Da brachtest du mir Rosen, wunderschöne, duftende, gelbe Rosen, aus deinem Garten. Danke, Rainer. Ob sie in diesem Jahr wieder blühen? Nie wieder war ich in deinem Garten, in deinem Haus, auf deiner Terrasse.

Wie mag es da jetzt aussehen? Fabian möchte dein Haus behalten, wie du es ihm versprochen hast, es hegen und pflegen, in das du so viel hineingesteckt hast, ständige Arbeit mit viel Liebe, Zeit, Energie, Ideen für Änderungen, in dieses alte Haus. Irgendetwas war immer zu reparieren, zu ergänzen, daran zu arbeiten. Nun wird es in diesem Jahr 100 Jahre alt, so lange steht es schon an seinem Fleck. Es hat später den Anbau eines Zimmers zum Garten hinbekommen, im Erdgeschoss und im 1. Stock, der dir ganz oben diese wunderschöne Terrasse beschert hat.

Auch vor 100 Jahren, in den Goldenen Zwanzigern, war eine sehr schlimme und teure Zeit.

Der 1. Weltkrieg war verloren, der Kaiser hatte abgedankt und lebte im Exil in Holland, die Weltwirtschaftskrise machte alle Menschen arm, das Geld war nichts mehr wert, ein Brot kostete mehr als tausend Mark.

Wie mag der Vater von der netten Frau Bauer als Schneidermeister das geschafft haben, in dieser armen Zeit, ein großes, dreistöckiges Haus zu bauen? Später vererbte er es seinen beiden Kindern, seinem Sohn und seiner Tochter. Frau Bauer wohnte fast bis zu ihrem Tod drin. Dann verkaufte sie es dir, Rainer. Und du, der du schon längst in Tübingen heimisch geworden warst, bautest es um, renoviertest es mit vorausschauend, guten Ideen und verschönertest es ausgiebig. Allein den Gedanken in die Tat umzusetzen, im 1. Stock die 4 Zimmer mit Küche, Bad und WC an vier Studenten, die befreundet waren, zu vermieten, war so typisch für dich, da kam dein ‚Helfersyndrom‘ voll zum Tragen. In Tübingen, der Universitätsstadt, war dies natürlich sehr hilfreich für die Studenten, denn jeder zahlte, nur monatlich 100 Euro. Beim Studienabschluss und Wegzug eines Studenten zog gleich der nächste Freund ein.

Damals, zu Beginn deiner Tübinger Zeit, wohntest du, als Frau Bauers Mieter, im Erdgeschoss, neben den Räumen der Fahrschule. Nur ein Zimmer hattest du, mit einer kleinen Küche und Bad. Auch das hattest du dir wunderschön hergerichtet. In diesem Haus fühltest du dich von Anfang an sehr wohl.

Nach Deiner Mexikoreise, mit einem VW-Bus quere durch's Land, warst Du so begeistert von den freundlichen Menschen dort, dass die Idee geboren war, Deine Fahrschule „Mex 1“ zu nennen. Die beiden Dozenten hatten sich in der Fahrschule verabschiedet, Du warst nun der alleinige Inhaber von Mex 1, in der Steinlachallee.

Und diese, deine Fahrschule, Mex 1, war die ausbildungsstärkste in Tübingen. Deshalb hattest du die geringste Zahl der durchgefallenen Fahrschüler, so sprach man in Fachkreisen. „Na klar“, sagtest du damals, „ich schicke doch keinen Fahrschüler in die Prüfung, der noch nicht ordentlich und korrekt fahren kann.“

Später hast du diese kleine Wohnung an einen Griechen vermietet, der die Miete ein halbes Jahr nicht zahlte, weil er ein Spieler ist, sagtest du mir. Vertröstet hat er dich immer wieder. Nun kannst Du nicht mehr erleben, ob er seine Schulden vielleicht doch gezahlt hat.

Wieder ein Sonntag. Durch die Ritzen der Rollläden bläht der Tag sich auf. Es könnte 6 Uhr sein, denkt Lena. Der Wecker steht auf dem linken Nachttisch, um ihn zu sehen, muss sie den Kopf nach links drehen, was sie jedoch seit ein paar Monaten nur ganz langsam tun kann, weil der Schwindel sie dazu zwingt. Doch den Rhythmus und die Reihenfolge der Vorbereitungen zum Aufstehen hat sie inzwischen gelernt. Zunächst macht sie die Beckenbodengymnastik, dann die Fußgymnastik, abschließend für den Kreislauf muss sie Radfahren, geradeaus, Linkskurve, Rechtskurve, und zum Schluss noch mal geradeaus. Nun ganz langsam auf die rechte Seite drehen, ein Bein aus dem Bett hängen lassen, das zweite auch, und dann ganz langsam zum Sitzen hochkommen, ein paar Minuten so verharren, bevor sie aufsteht, mit festem Griff an der Stuhllehne. Immer noch ein bisschen wackelig geht sie ins Bad. Sie freut sich, wenn sie es mit Festhalten am Treppengeländer dann bis unten schafft. Doch manchmal hält der Schwindel an. Dann sitzt sie nur da und wartet, wie heut, am Sonntag. Wenn Rainer am Nachmittag käme, würde er sagen: „Schwindel? Na, schwindeln kann doch sicher jeder. Und woher kommt der jetzt, der Schwindel?" Und dann würde Lena ihm erklären: „Beim HNO-Arzt war ich schon, die Kristalle im Innenohr säßen noch alle da, wo sie hingehören.

Zum Orthopäden wäre mein nächster Weg. Dahin ging ich auch. Nach dem Röntgen der Halswirbel gab der Orthopäde mir ein Rezept zur Krankengymnastik. ‚Alles Arthrose‘, sagte er nur.“

Ach Rainer, deine Mutter ist alt, viel zu alt, 90 Jahre alt. Warum? Warum muss ich so alt werden? Und du durftest nur …

Und da sitzt sie wieder und heult, als ob sie dafür bezahlt würde. Sie kommt nicht über Rainers Tod hinweg, damit wird sie sich niemals abfinden. Sie frisst es nicht. Sie verdaut es nicht. Es schmerzt und brennt, nicht nur an Sonntagen.

Man braucht nur einen Menschen,
den aber, braucht man sehr.

Damals, mindestens 10 Jahre zuvor. Es war natürlich an einem Sonntag, als Rainer zum Nachmittag bei Lena weilte. Chic sah er aus, fand sie.

„Hast du dich neu ausstaffiert?“, fragte sie.

„Ja, gestern kam ein Paket mit einer Auswahl an T-Shirts und Hosen, Unterwäsche und Socken. Sehr praktisch, ich habe alles anprobiert, was mir nicht passt, oder nicht gefällt, kann ich zurückschicken und überweise das, was ich behalte.“

„Verrückt“, sagte Lena, „warum gehst du denn nicht in einen Laden in Tübingen?“

„Dazu fehlt mir doch die Zeit, Mama, bei meinem Terminkalender.“ Ja, dachte sie, er arbeitet viel zu viel, manchmal bis spät abends, 6 Tage in jeder Woche, und macht nur ein paar Tage Urlaub.

Geraume Zeit später fragte Lena ihn, als er in heller, kurzer Hose kam: „Sehr flott siehst du heute aus, Rainer. Hast du wieder ein Paket bekommen?"

„Nein, nein, schon allein der Umwelt zuliebe habe ich diese Aktion direkt wieder abbestellt. Und Fleisch esse ich auch keins mehr, nachdem ich den Tiertransport im Fernseher sah, in welchem Zustand die Schweine, die noch lebten, in Spanien ausgeladen wurden! Dort sollten sie nur geschlachtet werden und dann wieder zurück nach Deutschland! Wer denkt sich so etwas Hirnrissiges aus?"

Mit Recht war er empört und wurde nun ein Vegetarier. Daraufhin belächelte und kritisierte man ihn, wenn er mit den Teilnehmern während eines mehrtägigen Kurses im Restaurant aß. Das fand er unmöglich und völlig überflüssig.

Normalerweise machte er sich daheim, früh am Morgen, ein gutes Frühstück, aß den ganzen Tag nichts und kochte sich am Abend eine warme Mahlzeit.

Manchmal fragte Lena ihn nach seinen Blutdruckwerten, denn 2011 erlitt er seinen ersten Schlaganfall. Lena hatte damals zum Wochenende nichts von ihm gehört oder gesehen. Sie rief mehrfach an, erreichte ihn aber nicht, weder auf Festnetz, noch auf seinem Handy. Natürlich machte sie sich Sorgen. Erst nach mehreren Anrufen am Montagmorgen erfuhr sie von seiner Sekretärin, Rainer sei im Krankenhaus. In welcher Klinik und weshalb, wusste sie nicht. Lenas erste Wahl per Telefon war die Uniklinik. Welche Abteilung, wollte die Telefonistin wissen. Orthopädie? Nein. Chirurgie? Nein. Vielleicht Innere Medizin?, rätselte Lena.

„Ja", sagte die Stimme, „dort liegt er seit gestern auf der Intensivstation. Sie können ihn besuchen." Sofort fuhr Lena mit Angst und Schrecken los. Es war Sommer und sehr warm. Lena fragte sich bis zur Intensivstation durch. Dort standen alle Türen weit offen. Gleich im ersten Zimmer lag Rainer. In 6 Betten, abgetrennt durch weiße Tücher, lagen 6 Patienten, Rainer gleich rechts, verkabelt mit mehreren Leitungen. Lena war entsetzt. Bei ihrer Frage: „Warum hast du mir denn nicht gestern Bescheid gegeben?", winkte er ab. Lena merkte, das Sprechen fiel ihm schwer. Als sie ihn zur Toilette begleitete mit all seiner Verkabelung, die er mit der rechten Hand vor sich her schob, sah sie, dass sein linkes Bein stets hinterherkam. Beim Mittagessen benutzte er die linke Hand nicht. Er hatte also Lähmungen in der linken Körperseite.

Lena versuchte, einen Arzt zu sprechen. Sie fand eine junge Ärztin, die Lena berichtete, dass es durch die verspätete Einlieferung in die Klinik, erst am Sonntagmorgen, – die Beschwerden aber schon seit Samstagnachmittag aufgetreten waren – zu mehr Ausfällen kommen kann als bei einer sofortigen Einlieferung ins Krankenhaus. Daraufhin schilderte Lena ihr die Schlaganfälle in ihrer Familie: Lenas

Vater starb 1960, mit 58 Jahren an einem Schlaganfall, sein Vater mit 54, und seine Schwester mit 36 Jahren, alle an einem Schlaganfall. Das war für die Ärztin natürlich sehr wichtig, sagte sie.

Später bat Lena Rainer um die genaue Schilderung, was an diesem Samstagnachmittag passiert war. Bruchstückweise erfuhr Lena, dass er den Unterricht der Busfahrer auf dem Verkehrsübungsplatz am Nachmittag bis in den Abend gut gehalten hatte. Erst später, beim Einsteigen in sein Auto, habe er Schwierigkeiten gehabt, das linke Bein ins Auto zu heben, einer der Busfahrer habe ihm geholfen. Er sei gut heimgekommen und habe sich ohne Abendbrot ins Bett gelegt und gehofft, am Sonntagmorgen wäre alles wieder gut. Mit Mühe habe er am Morgen Michael die Tür geöffnet, der ihn sofort hierher gebracht habe.

In derselben Woche sollte er entlassen und in eine Rehaklinik gebracht werden. Nein, das könne er sich zeitlich nicht leisten. Wenn man selbstständig sei, dann ginge das gar nicht. Er werde diese Reha ambulant machen, in der Loretto-Klinik in Tübingen. Er übte fleißig dort, mit eisernem Willen. Die Aussprache verbesserte sich schnell, auch die linke Hand benutzte er häufig. Vielleicht sah nur Lena mitunter das schwächere linke Bein beim Gehen. So schnell, wie dieser Schlaganfall gekommen war, so schnell ging Rainer zur Tagesordnung über. Man ist einfach nicht krank, war schon immer seine Einstellung. Vielleicht rührt aus dieser Zeit seine Aversion, über Krankheiten zu sprechen.

An einem anderen Sonntag erzählte Rainer ganz nebenbei, wie es so seine Art war, jetzt möchte er bald wieder heim zum Lernen.

„Was musst Du den lernen?", fragte Lena, die an irgendwelche neuen Verordnungen dachte, die zur Ausbildung seiner Fahrlehrer wichtig sind. Da sagte Rainer, und zeigte Lena ein Buch mit Schiffen auf dem Wasser: „Das alles sollte ich aus dem ff können, denn nächste Woche, am Freitag, ist meine letzte Prüfung zum Bootsführerschein!"

„Wie kamst du denn auf diese Idee? Du hast doch kein Boot, oder?"

„Nein, ich hab kein Boot, aber man kann es sich ausleihen und dann auf den Gewässern hier im Umkreis fahren."

„Na, wenn es dann so weit ist, komm ich gerne mal mit", sagte Lena.

Dieses Gespräch führte Lena mit Rainer im Herbst 2019. Natürlich absolvierte er am Freitagabend die letzte Prüfung und erhielt seinen Bootsführerschein – und dann fiel Corona über die Menschheit her!

Nicht ein einziges Mal hat Rainer sich ein Boot ausleihen können, um seinem Bootsführerschein die Berechtigung zu geben.

Im Nachhinein denkt Lena, dass es keine Herausforderung gab, der Rainer sich nicht gestellt hat.

Nun war also Lenas Geburtstag, ein großer Geburtstag, der 90ste! Lena hatte zum ‚Tag der offenen Tür' gebeten. Es kamen viele Gäste. Nur weil Lena so wunderbar unterstützt wurde von ihren Helferinnen – von Petra, Bea und Brunhilde mit Hans – war sie eine lockere, freundliche Gastgeberin und konnte diesen Tag überstehen.

Alle Jahre zuvor kam Rainer am Abend, nur kurz, aber er war da. Einmal brachte er eine Salz- und eine Pfeffermühle mit, aus sehr schönem, lackiertem Holz, eine schwarze und eine weiße, die so groß sind, dass sie in kein Schrankfach passen, so stehen sie nun dekorativ offen im Wohnzimmerschrank. Danke, Rainer. Niemals hat er Sekt oder Wein getrunken, nur mit Wasser wollte er mit Lena anstoßen, denn er fuhr ja noch 36 km heim. Ja, Wasser gab's immer.

Das war Lenas erster Geburtstag ohne Rainer.

Man braucht nur einen Menschen.
Den aber, braucht man sehr.'

Blumen gab es, wunderschöne, auch per Fleurop. Die Briefe, Karten, Päckchen und Pakete kamen per Post, außer all den vielen Mitbringseln der Gäste. Viel zu viel der Ehre. Was hatte sie denn geleistet, dass sie so geehrt wurde? Ja, sie ist 90 geworden, 90 lange Jahre lebt sie schon – und Rainer durfte nur 55 Jahre alt werden.

Das wird sie nie verschmerzen. Niemals. Und jetzt sitzt sie wieder da, allein auf der Bettkante und heult bittere Tränen. Da lag das Blatt auf dem Nachttisch, das sie gestern in der Gedichtmappe fand, etwas verknittert, aus dem Herbst 2011, nach Rainers erstem Schlaganfall. Sie brauchte es nicht zu lesen, sie kannte den Text:

Geburtstag

Du hast Geburtstag, lieber Rainer, ein Schnapszahl-Geburtstag – der 44ste!!! Aber erst morgen! Jetzt schreib ich Dir und schick's heut Abend spät ab, dann hast Du meine Grüße und Wünsche als erste in Deinen vielen E-Mails, die morgen alle kommen!

Als Erstes wünsche ich Dir eine gute Gesundheit, eine viel bessere Gesundheit, als die, die Dich im Sommer flach legte. Ich hoffe sehr, den Wink mit dem Zaunpfahl von oben hast Du verstanden. Das Rauchen hast Du schon aufgegeben, Klasse! Und hast versprochen, ab sofort viel mehr an Dein Herz zu denken, will sagen: weniger Belastung in allem. Und bitte, Rainer, die Blutdrucktabletten immer regelmäßig einnehmen, versprochen? Bitte Rainer,

Als Zweites wünsch ich Dir keinen Stress, stattdessen Freude und Harmonie, beruflich und für Dich ganz privat, dass Du eine Frau finden mögest, die Dich mag, so wie Du bist, mit Ecken und Kanten – ja, jeder Mensch hat welche – eine, die mit Dir lachen kann, mit Dir durch dick und dünn geht und Dir auch immer fest und ehrlich zur Seite steht. Das alles, Rainer, wünsch ich Dir von ganzem Herzen! Und noch mehr Wünsche für Dich sind in den irischen Versen, die ein Lied wurden, lieber Rainer:

Mögen sich die Wege vor Deinen Füßen ebnen,
mögest Du den Wind im Rücken haben.
Und bis wir uns wiederseh'n, und bis wir uns
wiederseh'n,
möge Gott seine schützende Hand über Dir
halten.

Möge warm die Sonne Dir Dein Gesicht be-
scheinen,
möge sie Dir Glanz und Wärme geben.
Und bis wir uns wiederseh'n, und bis wir uns
wiederseh'n,
möge Gott seine schützende Hand über Dir
halten.

Mögen Gottes Engel Dich überall behüten,
mögen sie Dich auf den Händen tragen.
Und bis wir uns wiederseh'n, und bis wir uns
wiederseh'n,
möge Gott seine schützende Hand über Dir
halten.

So grüße ich Dich, mein Schatz, ganz herzlich zur
Morgenstund' und wünsche Dir einen harmo-
nischen Tag mit Menschen, die Dich mögen.
Ich denke heut ganz fest an Dich.
Mit viel Liebe und einem großen Herzen für
Dich!
Deine Mutter   20.10.2011

Lena legte das Blatt zurück auf den Nachttisch und griff ganz schnell nach dem nächsten Taschentuch und sagte laut unter Schluchzen:

Warum Herr, ließest Du das zu?? Warum hast Du nicht auf ihn geachtet? Ihn behütet und beschützt? Er hat es doch wirklich verdient, behütet zu werden, in seinem Beruf – und war zum Sterben noch viel zu jung! Warum? Warum er und nicht ich?

Man braucht nur einen Menschen,
den aber, braucht man sehr.

Lenas Geburtstagsgeschenk von Waltraud und Helmut gefiel ihr am allerbesten: ‚Gutschein für eine Fahrt zu Rainers Grab mit Einkehr‘. An Rainers Todestag, der sich zum ersten Mal jährte, fuhren die beiden mit Lena 80 km in diesen Ort, wo Fabian lebt und wo er seinen Vater beerdigen ließ. Der Himmel war bedeckt und passte zum Anlass dieser Fahrt. Teilweise regnete es unterwegs. Dort stiegen sie die vielen Treppenstufen hoch, auf den Absatz zur Trauerhalle, dann noch den Hang hinauf bis ans Grab. Es sah hübsch aus und gepflegt. Wer mochte da wohl gewirkt haben? Es war mit vielen, kleinen Blumen, auch Edelweiß, sehr schön geschmückt und hatte eine Einfassung aus kleinen, weißen Kieselsteinen. Freundlich, wie ein Kindergrab sah es aus, denn klein ist so ein Urnengrab. Es hatte kein leeres Stückchen, etwas dazuzustellen. Hier, unter diesen Blumen steht nun die Urne, von Erde bedeckt, mit

Rainers Asche. Nein, nein, das wollte Lena sich nicht vorstellen. Für sie ist Rainer in all ihren vielen Erinnerungen und Gedanken ihr Original, ihr Rainer, lebendig, tatkräftig, stets hilfsbereit, gut überlegend, immer locker und froh gelaunt, verantwortungsbewusst, ideenreich – und kam immer ein bisschen zu spät.

„Gott schuf die Zeit, von Eile hat er nichts gesagt", war einer seiner Lieblingssprüche.

„Ich mache das jetzt richtig oder gar nicht", sagte er, wenn Lena meinte, nun sei es aber gut.

Lena hatte Pflaumen gekauft, große Früchte, ‚Zwetschgen', stand dran. Das gibt ein großes Blech Pflaumenkuchen, dachte Lena, wie früher zu Hause, einen Pflaumenkuchen, wie Mutter ihn im Herbst jeden Sonntag backte, ‚für den Besuch', wie sie Vaters Verwandte nannte.

Natürlich zieht eine kluge Hausfrau eine Schürze an, wenn es sich um Obst handelt, das verarbeitet werden muss. Lena nahm die blaue Schürze mit den kleinen weißen Katzen in der Küche vom Haken. Rainer hatte sie ihr vor vielen Jahren geschenkt. In der Schule lernte er nicht nur zu kochen, sondern auch mit einer elektrischen Nähmaschine umzugehen. Und so nähte er in der Unterrichtsstunde für seine Mutter eine Schürze. Er überreichte sie ihr am Muttertag. Auch das wird Lena niemals vergessen. Sie hütet sie und benutzt sie deshalb ständig. Sie wird gewaschen und gebügelt, und dann sofort wieder am Haken in der Küche aufgehängt. Danke, Rainer.

Nun war sie mit ihren Gedanken bei ihrem Rainer, etwa 15 oder 16 Jahre mochte er gewesen sein damals. So viele kleine Geschenke hat sie in all den Jahren von ihm bekommen. Einmal brachte er im Sommer eine flache, ovale, große Glasschale mit passendem Holzdeckel mit. Lena fragte erstaunt: „Ist die für mich? Was macht man damit?" Da nahm Rainer das Obst aus ihrer offenen Glasschüssel vom Terrassentisch, legte es auf das Holzbrett und stülpte die passende Schale darüber und sagte: „So! Nun können alle Wespen und sonstige Schmarotzer an Deine Äpfel, Pfirsiche, Weintrauben und geschnittene Melonenscheiben nicht mehr dran!" Danke, Rainer. Obst gab es immer für Rainer am Sonntag, denn Kuchen war ihm zu süß.

Eine kleine Blumengießkann hatte Rainer im ersten Lehrjahr in der Autofirma gearbeitet, geschweißt, gelötet und in beige lackiert. Sogar eine Lederscheibe hatte er als Schonung unter die Kanne geklebt. Nun steht sie auf dem Deckel der Regentonne, womit Lena die daneben hängende große Blumenampel jeden Morgen begießt. Danke, Rainer.

Jetzt hörte Lena im Kopf die Nachbarin, die vorhin gesagt hatte: „Die Guten gehen immer zuerst." Wie recht sie hatte.

„Was wird denn überhaupt jetzt? Rainer hatte doch Besitz. Wer erbt das nun, Du etwa?", fragte Bärbel, als sie neulich nach langer Zeit Lena besuchte. Sie ist eine langjährige Freundin, die auf Geburtstagsfesten Lenas Familie und Freunde kennengelernt und Rainer ins Herz geschlossen hatte.

„Was er besaß, kommt nun in die Erbmasse", sagte Lena, „sein Haus in Tübingen und dieses hier, sein Elternhaus, auch. Vor geraumer Zeit hatten wir es ihm überschrieben, notariell natürlich."

„Und wer erbt denn nun dies alles?", fragte Bärbel erstaunt noch einmal. „Was steht denn in seinem Testament?"

Da legte Lena ihre linke Hand auf Bärbels rechte und sagte leise: „Es gibt keins, leider. Im Frühjahr sagte er mir an einem Sonntag, es gehe ihm nicht gut, er möchte seine Dinge regeln. Ja, Dinge regeln, ist immer gut, sagte ich damals. Wie ich jetzt erfahren habe, hatte er mit seiner Steuerberaterin gesprochen, die für ihn einen Termin beim Notar ausgemacht hatte, allerdings erst im September, vorher habe er keine Zeit. "

„Und im Juli schon ist er gestorben! Nicht zu fassen!", sagte Bärbel, „wie konnte er nur! Und jetzt? Wer sind nun die Erben? Er war doch verheiratet und hatte Kinder?" Lena antwortete ganz langsam: „Die Kinder erben. Er war nicht verheiratet. Mitte der Neunzigerjahre hat er sich in eine Regine verguckt, so sehr, dass er sogar seine Fahrschule in Tübingen verkaufte und auf ihr Drängen hin, eine neue in ihrem Heimatort eröffnete. Er war dort ein ‚Reingeschmeckter'. Du bist eine Schwäbin. Du weißt, was das heißt. Die Fahrschule lief nicht so gut, wie seine, in Tübingen, wo er eine Menge Fahrschüler hatte, viel gearbeitet und deshalb auch gut verdient hatte, noch D-Mark, Du weißt.

Als ich mit den beiden mal im Frühsommer 1998 im Europa-Park Rust beim Eis saß, – ich hatte im Südwestfunk ein Wochenende für 4 Personen in Rust gewonnen – sagte sie mir:

‚Wir haben die Pille weggelassen!‘

‚Wunderbar‘, sagte ich, ‚dann kommen bald die Enkelkinder! Wann wird denn geheiratet?‘

‚Das machen wir nicht‘, sagte sie auf Schwäbisch.

‚Ach‘, sagte ich, ‚man kann ja auch eine ‚Traufe‘ machen, eine Taufe und Trauung zugleich.‘

‚Das machen wir auch nicht‘, sagte sie noch einmal.

‚Und warum nicht?‘, fragte ich, schon sehr verwundert. Da sagte sie doch tatsächlich:

‚Pabschd isch koi schwäbischer Nome!‘“ Da brach sogar Bärbels Temperament durch: „So e Bloder!“, sagte Bärbel laut. „Wie ko mer au?“

„Ja“, sagte Lena, „im Februar 1999 wurde Fabian geboren. Die Taufe hatte sie auf meinen Geburtstag gelegt, das konnte Rainer noch in einen späteren Termin ändern. Als Taufpatin hatte sie ihre Freundin genommen, die allerdings katholisch ist, so ist dann Rainers Bruder, Thomas, als Patenonkel eingetragen worden. Als Fabian etwa zwei Jahre alt war, sagte sie zu Rainer: ‚Unsere Beziehung ist keine Beziehung mehr, du kannst ausziehen‘. Das tat Rainer. Er nahm sich eine Wohnung in der Nähe der Fahrschule, die auf seinen Namen lief. Er bekam Fabian sehr selten, manchmal sogar auch mitten in der Woche, wenn Rauner gar keine Zeit hatte. Dann rief er mich an und bat um Hilfe. So schnell ich konnte, bin ich die 80 km hingefahren und freute mich, Fabian zu hüten. Als er fünf Jahre alt war, sagte Rainer zu mir:

,Ich habe Verbindung mit Tübingen aufgenommen, meine Fahrschule zurückzukaufen. Jetzt hat Fabian Verstand und sieht: Seine Mutter wohnt da, und sein Papa wohnt in Tübingen.“

Genauso machte Rainer das. Dem Vorgänger in Tübingen zahlte er 7000 Euro, erhielt jedoch von ihr nur 4000 Euro für seine dort eingebaute und eingerichtete Fahrschule, die sie nun führte. Viel später sagte Rauner mir einmal:

,Sie wollte ein Kind und eine Fahrschule. Beides hat sie von mir bekommen. Genau das wollte sie.‘

Du siehst, Bärbel, Rainer war viel zu gutmütig. Er sah in jedem Menschen immer nur das Gute, und fiel damit so oft auf den Bauch.

Doch nach Tübingen ging Rainer sehr gerne wieder. Manchmal durfte Fabian seinen Papa sehen. Rainer holte ihn dort stets ab, gebracht wurde er nie, auch nicht ein Stück des Wegs. Wenn Rainer ihn zu mir brachte, mitten in der Woche, war ich natürlich eine glückliche Oma. Wir fuhren in den Nachbarort und kauften beim orthopädischen Schuhmachermeister für ihn ein paar neue Winterstiefel oder im Sommer neue Sandalen mit Fußbett. Im Supermarkt gab es die Spielecke mit der Rutschbahn, die in die bunten Bälle führte, dahin wollte er am allerliebsten. Einmal sagte er:

‚Oma, weißt du was? Der Philipp hat eine Mama und einen Papa, die wohnen in e i n e m Haus!'

‚Ja', sagte ich, ‚das ist eine kluge Familie."

Bärbel schmunzelte, sie hatte aufmerksam zugehört, manchmal den Kopf geschüttelt oder die Hände nach oben gehoben, jetzt sagte sie: „Wenn sie Rainer geheiratet hätte, wär sie heute die Erbin. Ich denke, sie hat niemals begriffen, was für ein wunderbarer, fürsorglicher, fleißiger Mann Rainer war. Wahrscheinlich hatte sie ihn auch gar nicht verdient. Also erbt jetzt Fabian alles?"

„Da gibt es noch eine Tochter", sagte Lena. „Zu Beginn der 2000er-Jahre, als Rainer der jüngste Dozent in der VPA war, besuchte eine junge Frau den Fahrlehrerkurs. Kurz bevor sie ihre Fahrlehrererlaubnis erhielt, machte sie Rainer schöne Augen und bat ihn, die ersten Schritte als Fahrlehrerin in seiner Fahrschule machen zu dürfen. Er sei der netteste Dozent von allen, bei ihm würde sie gerne arbeiten. Rainer willigte ohne Argwohn ein, mit Probevertrag auf 3 Monate. Doch das war nicht alles, was sie wollte, wie Rainer später von seinen Kollegen erfuhr, die ganz schnell bei ihrem Ansinnen abgewehrt hatten."

„Na klar", sagte Bärbel, „die wollte geheiratet werden! Und Rainer?"

„Leider ließ Rainer sich auf sie ein. ‚Aber sicher, nehm ich die Pille', sagte sie und kriegte das, was sie wollte. In ihrer Arbeit war sie allerdings sehr

98

unzuverlässig und unpünktlich, sodass Rainer den Probevertrag ganz schnell auflöste, und auch die persönliche Verbindung beendete.

Monate später erhielt Rainer ein Amtsschreiben, worin er aufgefordert wurde, einen Vaterschaftstest machen zu lassen.

Nach und nach erzählte Rainer mir, was er von ihr wusste: Sie durfte mit Eltern und Bruder lange vor der Wende aus der DDR hierher ausreisen. Eine komplette Familie ließ die DDR ausreisen! Warum? Andere wurden erschossen, wenn sie diesen miserabel geführten Staat verlassen wollten, von 140 jungen Menschen wissen wir – wie hoch die Dunkelziffer jedoch ist, wissen wir nicht.

Der Vater dieser Familie hat sich kurze Zeit später erhängt. Warum?

Mit dem Ergebnis des Vaterschaftstestes kam Rainer heim zu mir. Dort stand: 'Rainer ist mit 99,96 % der Vater von Aimée Renée."

„Ist die Mutter dieses Kindes etwa eine Französin?", fragte Bärbel.

„Natürlich nicht, aus Mitteldeutschland ist die Familie. Aber die Menschen in der ehemaligen DDR hatten eine Vorliebe für englische und französische Vornamen. Sie selber heißt Nancy."

„Verrückt", sagte Bärbel, „und hast du sie mal gesehen?"

„Ja, bei der Taufe in der Stiftskirche in Herrenberg. Rainer hatte sofort über das Jugendamt Kontakt zu ihr aufgenommen und besuchte seine

Tochter. Die Mutter erlaubte sogar, dass Oma Lena einmal in der Woche tagsüber kommen durfte. Ich habe das Kind ausgefahren, weil in der Wohnung ein großer Hund war, der immerzu herumschnüffelte. Das fand ich unhygienisch und nicht gut für das Kind. Rainer konnte manchmal aus Arbeitsgründen den verabredeten Zeitenpunkt nicht einhalten. Er sollte Samstagabend, halb acht dort sein, nach seiner letzten Fahrstunde. Da warf sie ihm vor, sein Wort nicht zu halten, es seien nur leere Versprechungen, er brauche überhaupt nicht mehr kommen, ‚und deiner Mutter kannst du das gleiche sagen‘.

Er meinte, als er mir davon erzählte, ‚die kriegt sich schon wieder ein‘. Aber als er zu Weihnachten ein großes Paket mit Spielsachen und Garderobe für das Kind per Post schickte, kam es ungeöffnet zu ihm zurück!

Was ist das für eine Mutter, entrüstete ich mich. ‚Lass mal‘, sagte Rainer ‚ich geh da nächste Woche mal vorbei.‘ Ohne Erfolg, denn nun war Madame mit ihrem Kind ausgezogen. Das Jugendamt, das Rainer nach der neuen Adresse seiner Tochter befragte, gab zur Antwort, man sei nicht befugt, die neue Adresse zu nennen, das habe die Mutter ihnen untersagt.

So hatte Rainer, und auch ich, keinen Kontakt mehr zu dem Kind.

Was die Mutter allerdings nicht daran hinderte, alle zwei, drei Jahre vor Gericht zu ziehen, um mehr Unterhalt zu fordern. Das gelang ihr sogar!“

„Wie alt ist die Tochter nun?", fragte Bärbel.

„Achtzehn", sagte Lena. „Rainer sagte bei seinem letzten Besuch hier, im Juni: ‚Für den Juli überweise ich zum ersten Mal den hohen Betrag an das Kind, denn nun wird sie 18, am 12. Juli.' Und am 10. Juli wurde er totgefahren. Ach, Bärbel, es ist alles so furchtbar!"

„Und das alles nur, weil Rainer viel zu gutmütig war, zu jedermann, vor allem aber zu Frauen. Wieso eigentlich? Er war doch keine fünfzehn mehr! Warum hat er nicht begriffen, dass es nicht nur ehrliche Menschen gibt, sondern auch solche, die ihn reinlegen wollten und das sogar schafften!

Also hast du nun zwei Enkelkinder, die erben."

„Nein, es sind drei, es gibt noch einen Philipp, in Niederbayern, mit 8 Jahren. Auch Susanne lernte Rainer in der VPA kennen, große Liebe, scheinbar. Auch sie wollte ein Kind, so kam Philipp. Als er etwa zwei Jahre alt war, fuhr sie sang- und klanglos mit Philipp zurück in ihre Heimat, nach Niederbayern.

‚Das war mein zweiter Versuch, eine Familie zu gründen!', hatte Rainer damals zu mir gesagt. Nun fuhr er, um seinen Sohn zu sehen, so oft er konnte, 380 km nach Niederbayern und am Sonntagabend wieder 380 km heim."

„Rainer hatte aber auch ein Pech mit den Frauen, sogar tragisch, kann man das nennen. Auf der einen Seite war er viel zu gutgläubig, und hat sich einwickeln lassen, denn er war ja immer nur der Geber. Auf der anderen Seite hat er wohl auch nicht gekämpft um die

Beziehung, oder?", fragte Bärbel. „Aber nun sind die Kinder da. Und keins trägt den Namen seines Vaters?" Bärbel war sichtlich geschockt.

„Er hätte es wirklich verdient, in seinem Leben eine liebe Frau an seiner Seite zu haben, die es ehrlich meint, die fest zu ihm steht, in allem. Wie einsam muss er gewesen sein, in den letzten Jahren!"

„Ja", sagte Lena, „das habe ich oft gedacht. Jeden Abend kam er heim in ein leeres Haus. Keine freundliche Begrüßung von einem lieben Menschen, kein Kindergeschrei im Streit um ein und dasselbe Spielzeug, kein Duft von einer frisch gekochten Mahlzeit aus der Küche – nur Leere und Stille. Natürlich brauchte er nach einem langen, anstrengenden Tag seine Ruhe, aber eben nicht aufgezwungen."

„Nun", sagte Bärbel, „wissen wir, dass er kein einfaches Leben hatte, trotz seiner Fürsorge für andere, seiner Freundlichkeit zu jedermann und seinem Fleiß und seiner Hilfsbereitschaft für alle, die ihn darum baten. Vielleicht war er zu gut für diese Welt."

Bärbel hing sich ihre Tasche um, hielt den Autoschlüssel in der Hand, umarmte Lena ganz fest und wünschte ihr Frieden, Frieden in sich und beim Gedanken an den Mann, der Rainer totgefahren hatte.

Sonntag. Nachrichten, 16 Uhr. Lena hatte in der Küche gewirkt, vorgekocht für den nächsten Tag, aus aufgelesenen Äpfeln Kompott mit Rosinen gedünstet. Sie hat konzentriert gearbeitet, wie sie das jeden Sonntag tut, weil es für sie die einzige Chance ist, den Rainer-Sonntag zu überstehen. Jetzt geht sie nach ganz oben an ihren PC, zu ihren Erinnerungsseiten über Rainer. In der Schreibmappe fand sie ein kleines, herausgerissenes Stück Papier aus einer Illustrierten. Woher hatte sie das?

„Hast Du schon einmal darüber nachgedacht?

In hundert Jahren, z. B. im Jahr 2123, liegen wir alle neben unseren Familien und Freunden begraben.

Fremde werden in unseren Häusern wohnen, wofür wir so hart gekämpft und uns krummgelegt haben. Ihnen wird alles gehören, was wir heute haben. Alle unsere Besitztümer werden verstreut und an unbekannten Orten sein, einschließlich des Autos, für das wir ein Vermögen ausgaben, und das wahrscheinlich Schrott sein wird.

Unsere Nachkommen werden kaum oder gar nichts von uns wissen. Wenn wir nun innehalten würden, um diesen Fragen nachzugehen. Wohin führt dieses Hasten und Rennen nach immer noch größeren Erfolgen und Besitz? Wo bleibt die Zeit für Mußestunden, zu Herbstspaziergängen, zum Lesen, Schreiben, Zeit für Unternehmungen mit der Familie, für Umarmungen, gute Gespräche … ?

Warten wir mit dieser Einsicht nicht bis zum Lebensabend. Jetzt ist die Zeit des Änderns, damit wir uns eines Tages nicht vorwerfen müssen, wie viel Zeit wir im Leben verschleudert haben für unnütze

Dinge, anstelle uns Ruhe und Frieden zu gönnen, für uns und unsere Lieben.

Sage nicht mein.
Es ist Dir alles geliehen.
Lebe auf Zeit und sieh,
wie wenig du brauchst.
(Mascha Kaléko)“

Ein denkwürdiger Artikel, findet Lena, und er ist wirklich Grund genug, ihn umzusetzen.

Es gibt Menschen,
die hinterlassen einen Regenbogen
auf Deiner Seele,
groß und bunt und wunderschön.

Du, mein Rainer, an dich werde ich stets mit Liebe denken und dich vermissen, bis zu meinem letzten Atemzug.

Hildegard Dubois wurde 1934 in Köln geboren. Nach beruflich wie familiär aufregenden und aufreibenden Jahren lebt sie heute als Autorin und ehrenamtliche Integrationshelferin in Calw-Stammheim.